人間小唄

町田康

講談社

人間小唄

装画　竹内浩一
装幀　有山達也

三日前だったか、四日前だったか、そのあたりが定かでなく、もしかしたら一週間くらい前だったのかなあ、とも思うのだけれども、とにかく一日以上前、分厚い封書が送られてきた。どこか不吉な感じのする乱暴な、紦田両奴様、という宛名書きの筆跡とその分厚さが不愉快だった。差出人は蘇我臣傍安。明らかな偽名である。消印は東京都港区であった。開封してみると折々に詠んだと思われる短歌がいろんな紙に記してあった。完全な門外漢の私がみてもわかるほどに稚拙な、明らかな初心者の作物で、私はそれを紙屑籠に打ち捨てた。ところが。

その手紙の入った紙屑籠を眺めるともなくうち眺めるうち、この人はどんな人生を送ってきたのだろうか、という興味が湧いてきた。しかし私は忙しい。人との約束がたくさんある。約束したことを実行しないのは外道だ。畜生だ。生きる価値のない最下層の、屈辱を露出することによって残飯をめぐんでもらって辛うじて生きるフルートの伜だ。だから、私は約束を守らなければならない。そんな、どこの馬の骨とも知れぬ素人の戯言《ざれごと》につきあっている暇はない。無視しよう。そう思いながらも、その、様々な紙、ときには、醬油のシミとかそんなもののある紙に記された歌の不思議な吸引力にひきつけられた。というのは言い訳かも知れない。その頃、私は仕事に疲れ倦《う》んでいた。仕事から目を背けていた。そのうえ、私生活のうえでもトラブルを抱えていた。それを考えればその短歌に吸引力があったのではなく、私は私の目の前の現実から目を背けたいあまり、その短歌に吸引されたふりをしていたのかも知れない。

しかし、いずれにしろ、私は家族の前では仕事をする演技をしながらその短歌を読み耽り、ふと気がつくと作者を心の底から軽蔑しつつ、その歌のことばかりを考えてしまっている自分ちゃんがいた。以下はその考えを示したノートちゃんである。

歌は全部で二十首、五首が連続的に記され、一行開けて次の五首、という風に続いていた。

冒頭にあったのは以下の五首。

濃い夏のその濃さゆえの濃い顔のナチュラルメイクこそぎとりてえ

高空を飛ぶ聖マリーの義を超えてなにとも手足高くなってください

上人の真摯な食事は熱量です。きみ残光をなめてください

貧困は男根ですよと言いきるとき団塊オヤジきみの脚をみている

どぼ池に糸を垂らせど釣果なしジンギスカンを食したりけむ

一首目は、ちょっと読んだだけだと、なにを言っているのか、そもそもなにを言いたいのかよくわからないこの作者の作品にしては、比較的、意味のわかりやすい作品である。作者は冒頭に、濃い夏の、と言っている。濃い夏というのは、わかりにくい言葉であるが、つまりは、濃密な体験、経験がその夏にあった、ということを言いたかったのだろう、そのうえで次に、その濃さゆえの濃い顔の、という句が続いている。濃い顔というのは、西洋風の、昔の言い方で言うとバタ臭い顔、すなわち、鼻梁が高く、全体に立体的な顔、彫りの深い顔ということなのだろうが、作者はここで、その濃さはもっぱら、その夏が濃密であったことに依拠するのであり、気象用語で言う平年並みの夏であればその人の

顔は平面的であった、と言っているのである。

このことはなにを意味しているのか。

それは一言で言えば、色即是空空即是色、ということを意味している。つまり、それが濃いと思ったことの根拠は別のものが濃いと思ったことに原因があり、しかし、平年、という概念からすれば、別のそれはたまたま瞬間的に濃かっただけであり、それは恒常的に存在するのではなく、空、として現象するのみである、ということを意味しているのである。

そして、そのうえで作者は、ナチュラルメイクこそぎとりてえ、と言う。不思議な文言である。

濃い顔に施されたナチュラルメイクをこそぎとりたいとはどういうことなのか。

それは濃い顔をより濃くしたいと思うのではなく、濃い顔をできればあっさりとしたものにしたい、というその、仮に女性とすれば、女性の意志を覆したい、という作者の思いのあらわれである。

ではなぜ作者・傍安は女性の意志を覆したいと考えたのだろうか。それは右に言ったように、その濃さが、その夏ゆえの濃さであることを作者が喝破していたからであるが、それはしかし主たる理由ではない。なぜなら、夏ゆえに大胆になり、薄着で男を誘惑し、婚外子を孕《はら》むような女性は珍しくないからで、ではなぜかをずばりいうと蘇我臣傍安はこの女性に恋着していたのである。

女に恋着した男はときに、きみをもっと知りたい。よそいきの顔ではなく、素顔のきみを知りたい、なんてなことをしばしば言う。そして、そのリアルな姿に幻滅し、尻尾を巻いて逃げていくのである。私もかつて……、なんていう余談はまあ脇へおいておくとして、でもしかし、傍安はどうやら幻滅しなかったようで、その女性、マリー、ということにしておこうか、マリーと交際にいたるようになったようである。

というと、なぜそんなことがわかるのだ。どこにそんなことが書いてあるのだ。勝手なことをいうな。チンポを切るぞ。睾丸を破砕するぞ。という御仁がひなげしの花の咲き乱れる丘の陰から現れて私を圧迫する可能性があるが、そんなことはしないでほしい。なぜなら私は勝手なことをいっているのではなく、私の考えちゃんは、次の、高空を飛ぶ聖マリーの義を超えてなにとも手足高くなってください、という歌に基づいているからだ。

以下にそれを説明する。

まず女性の名前の問題だが、これはヤキソバを食べるより簡単だ。しかし、ポッキーを食べるよりはちょっと難しい。

まあ、よい。説明する。といってもすぐ終わる。なぜなら、歌に聖マリーとあるからだ。

ではなぜ、聖がついているのか。それは、マリーが死んでしまったからであると思われる。

傍安は、その夏、マリーのナチュラルメイクをこそぎとり、その濃さが空であるマリーと結ばれた。ところが秋になってマリーは死んでしまった。なぜそう思うかと言うと、いまも言ったように、高空を飛ぶ聖マリー、とあるからである。通常、生きている人間は空を飛ぶことはない。しかし、魂が肉体を離れればそういうこともあり得る。つまり、生きていたマリーは死んで聖なる存在となり、天空を駆ける、みたいなことにここでなっているのである。なにとも手足高くなってください、というのは、聖マリーにいよよ聖なる存在となってほしいという傍安の希《ねが》いであろう。

ここから先は推測と断って話をするが、ではなぜマリーは死んだのだろうか。歌から推測するに、マリーはまだ若いと思われ、なにか急性の病気に罹《かか》って死亡したのではないか、と私は思う。おそらくは、夏、新しい出会いに浮かれ、恋に現《うつつ》を抜かしていたマリーはすすめられるまま三鞭酒《シャンペン》を飲み、時季外れの生牡蠣または〆鯖かなにかを食べ、激烈な腸炎を発症して死んだのではあるまいか。ちゃんとしたクックではなくアルバイトの学生が調理した可能性もある。

傍安はさぞかし悔やんだことであろう。一緒に食べてなぜ自分だけ助かってマリーは死んだのか。できることなら代わってやりたかった、と号泣したかも知れない。この歌はそんな激情の果てになお残る哀切、みたいな感じの傍安の心情をうたった歌なのである。

さて、そうしてマリーが死んでしまった。次の、上人の真摯な食事は熱量です。きみ残光をなめてください、という歌はそのマリーの葬儀の情景をうたった歌である。付き合ってたとはいえ、仲人を入れた仲でもなく、ただ、そこいらでどれあっただけなので傍安は親族ではなく、友人として葬儀に参列した。そのことは傍安君の心を寂しくしていた。その心の寂しさを表すようにその日は朝から雨が降っていた。雨、雨、降れ降れ、もっと降れ。私のいい人、連れてこい。そんな流行歌のメロディーが新宿駅南口とかを歩く多くの人の頭脳のなかを流れていたのである。まるで醬油の壜《びん》かなにかを運ぶベルトコンベアーのように。

なんてことは傍安にとってはどうでもよかった。傍安は気が狂いそうに悲しんでいたからである。

上人、というのは仏教僧のことである。それも普通の仏教僧ではなく、きわめて徳の高い僧のことを上人というのである。死んだ人に対してこんなことを言ったら申し訳ないが、たかが二十かそこらの小娘のためになんでそんな徳の高い僧が来たかというと、マリーの実家が無茶苦茶な富豪であったからである。

しかし、それはおかしな話であると思う人もあるだろう。なんでって、そらそうだろう、高僧ということは仏の教えの極限をきわめた人であり、その人が布施の多寡によって行動パターンを変えるのは、どのように考えても合点がいかぬ。

傍安もそのように考えた。しかし、そんなことを言ってなにになろう。なににもならない。そう考えて蘇我臣傍安はマリーの冥福を無心に祈った。

その上人の真摯な食事、というのは、私は宗教、とりわけ仏教について貧しい知識しか持ちあわせぬのだが、いわゆるところの、斎、すなわち、法要が終わったあと、振る舞われる食事のことを言っているのではないだろうか。

もちろん、マリーの実家は金持ちなので、食事は極度に豪勢であった。珍味佳肴がこれでもかというくらいに並んでいた。酒なんてものは、えええええええ？　なに？　ぜんぜん聞こえへん。もっとおっきい声で、えええええええ？　ああああっ、養老の滝？　目じゃねぇよ。眼中にねぇよ。ってくらいにふんだんにあった。

しかし、上人はそのごく一部しか食べなかった。あたりまえである。徳の高い高僧はフォアグラとかトリッパといったようなものを食べない。彼らはごく少量の野菜と雑穀と豆しか食べないのである。

しかし、じゃあ、上人が俗人に対して、シーシェパードの人のように、そんなもん食うたら黒縄地獄とかにおちるがな、と言って俗人が御馳走を食べるのを妨害するかというと、そんなことはしない。

拙僧はあきまへん。皆さんで召し上がったらよろし。

と、柔らかく言った。なぜなら、それを禁止したところで人は別の局面で、その、それぞれの宿業を生きる、ということを上人は存知していたからである。

そして、人々は、よろこんでこれを食していた。っていうか。貪《むさぼ》り食った。ギラギラとした生のありよう、がそこにあった。それをみた傍安は悲しんだ。

みんなどうしたんだい？　マリーが死んだというのになにをそんなに楽しそうに飲食してるんだい？　なんでそんな楽しそうに談笑してるんだい？　もっと悼《いた》もうよ。マリーの死を。

そう思う傍安の目に上人の食事のその様はきわめて真摯なものにうつった。

そこで、傍安は叫んだのだ。

おまえらさあ、いい加減にしたらどうかなあ。その叫びがこの歌である。

ただ、そうなると問題になってくるのが、きみ残光をなめてください、という句である。

残光という言葉はおそらく、上人が少量の野菜と雑穀を食べて去った後になお気配としてその場に漂う、上人の徳、のようなものを指しているのだろう。或いは、残光と残肴をかけているのかも知れない。

そしてここで、最大の問題として立ち上がってくるのが、きみ、とは誰かという問題である。

きみ残光をなめてください。という言葉を傍安は誰に言ったのか。

マリーが死んだというのにへらへらしている参列者に対して言ったのか。

私は違うと思う。では誰に言ったのか。傍安は脚の綺麗な魅力的な女性に対して言ったのだ。というと、なぜそんなことが断言できるんだよ、蛸。目ェに菜箸突き刺すぞ、こらあ。と粗暴なことをいうルードボーイが現出するかも知れぬが、次の、貧困は男根ですよと言いきるとき団塊オヤジきみの脚をみている、という歌を読めばそれは明白で、この、きみ、こそが、傍安が上人の残光をなめてほしいと言った相手なのである。

状況を読み解いていこう。

上人は少量の野菜を食べて帰っていった。その後、人々は酒に酔い痴れ、御馳走を貪り食い、マリーの死を心から悼むことはなく、マリーを愛していた蘇我臣傍安はそのことを苦々しく思い、人々の醜態・痴態を眺めていた。

と、そのときである。騒がしい会場の片隅に、そこだけ、唐突にひっそりしている場所があった。穴ぼこのようだった。かまぼこを箸ではさんで口に持っていこうとしていた傍安はそのままの姿勢で暫時《ざんじ》、固まってしまった。あまりにも吸引力のある穴ぼこであったからである。

なんだ、あの穴ぼこは。かまぼこをもぐもぐ噛みながらしばらくの間、注視した傍安は、そこにひとりの女性が座っていることに気がついた。

なぜ穴ぼこのようであったのか。それは女性がマリーの死を真に悲しみ、悼んでいるからであった。

なぜ吸引力があったのか。それは女性がおっそろしく美しいからであった。

女性に強く惹かれた傍安は、きみが、きみこそがあの素晴らしい上人の残光をなめとってください、と、うたったのである。

そして、傍安は女性から目が離せなくなった。傍安は、なんたら美しい女性であろうか、と思うと同時に、この女性と自分だけが真にマリーの死を悼んでいる、と感じ、女性を好ましく思った。

そう思って傍安が女性を見ていると、六十過ぎの、吊り目、出っ歯、天パの酒に酔った親爺がやってきて女性の隣に座り、女性に話しかけた。

どうやら、女性の美しさに目をつけた男は、極論・暴論をあえて口にすることによって相手を圧倒して、自分のペースに相手を巻き込もう、としているらしく、「貧困や格差というものは男根が衰弱したから生じた問題で、男根さえ勢いを盛り返せば、諸問題はすべて回復する」みたいなことを自信たっぷりに言っていた。

そのうえで、すらりと伸びた女性の脚をジメッとした目で無遠慮に眺めて恬《てん》として恥じぬのである。

なんというやな男であろうか、嫌がってるじゃないか。

傍安はそう思っていたのである。そして。

その次に、どぼ池に糸を垂らせど釣果《ちようか》なしジンギスカンを食したりけむ。という歌があるが、唐突の感を否めない。

歌意は明快である。どぼ池、というのは、大阪府交野市私市というところに、どぼ池、という池があるようだが、固有名だろうか、或いは、なんかドボドボした感じの池、ということだろうか、とにかくそうした池に釣り糸を垂らしたのだがはかばかしい成果がなく、ジンギスカン、というのはジンギスカン鍋という羊肉料理を食べた、と言っているのである。

しかし、わからないことだらけである。そもそも傍安はいつ斎場を出たのであろうか。

なぜ、突然、釣りなどしているのであろうか。というか、愛する人が死んだというのに喪に服することなく殺生をしてもよいのだろうか。焼肉を貪り食ってよいのだろうか。

私はここに傍安の韜晦《とうかい》をみる。すなわち、傍安は人にはっきり言えないような行動をとったのだ。

傍安はなにをしたのか。ずばり言おう。傍安は酔いにまかせて、マリーの死を悲しみ、悼んでいた女性を口説いたのだ。

最初はそんなつもりはなかったのかも知れない。たれも真剣にマリーの死を受け止めていないようにみえる会場で、その女性とふたりでマリーの死を悼もうと考えたのかも知れない。

ただ、いかんせん、その女性が美し過ぎた。酒にも酔っていた。ロマンチックな感傷と悲哀とその女性に強く惹かれる気持ちが傍安のなかでミックスジュースのようなことになった。

傍安は酒に酔ったいやらしい親爺が去るのを見計らって、女性の隣に座り、気取った声で、「マリーさんとはお友達だったんですか」と話しかけ、「僕もごく仲のいい友達だったんですよ」と言ったところ、意外にも女性は、「あなたは蘇我臣傍安さんですか」と、傍安の名前を口にした。

「はい。そうですが、以前、お目にかかったことがありましたか」

「いえ、でもあなたのことはマリーからいつも聞いていました」

「あ、そうなんですか」

そんな会話がきっかけとなって、傍安は、勹蚪外香（というのは私が勝手に考えた名前ちゃんで申し訳ないが、仮に名前を付けた方が理解をしやすいのでそうさせていただく）、というその女性と会話を交わしたのだった。

相手が自分を知っている、認識されている、という安心感ゆえか傍安の口は軽かった。ペラペラペラペラ、あることないことを口にして、相手の気を引こうとした。そのとき、傍安はマリーのことを忘れていた。外香と近づきになりたい、ということをただ一心に願っていた。

そしてついに傍安は、

「この後、もしご予定がなかったら、どこかで飲み直しませんか」

と云ったのだった。

しかし、そのように軽薄で不誠実な傍安の心底が勹蚪外香に知れぬ訳がない。勹蚪外香は、「この後、予定があります」と冷たく言い、傍安は、その後も未練がましく話しかけたが、以降、とりあわなかった。

その後、行くところもなく自宅に戻り、寝て起きて酔いが覚めた傍安は自己嫌悪に陥った。

俺は、あんな場でなんということを口にしてしまったのだろうか。

傍安がベッドで寝ていたか、布団で寝ていたか。定かではないが、私は傍安は布団で寝ていたような気がしてならない、布団のなかで、わあわあ叫びながら暫《しばら》くの間、転げ回っていたが、やがて起き出すと、ジンギスカン鍋という料理を出す店に出掛けていったのである。

ここでふと傍安が目を覚ましたのは何時頃だろうか、ということが気になった。

葬儀が始まるのはたいてい午前中、それから焼き場に行って、戻って食事が終わるのが、まあ、午後二時とか三時とかそれくらいであろうか、それから葬儀会場から家に戻って就褥したのが午後四時とすれば、目を覚ましたのは午後八時くらいか。まあ、断言はできぬが羊肉料理の営業時間内であることは確かなので、午後六時から遅くとも午前二時までの間だろう。

宵に就褥し、目を覚ますと夜。こんな状況のなかで羊肉料理を食べにいく、その傍安の心の荒廃は、よく理解できる。

なにしろ、愛した人の葬儀に行き、その友人を口説いてしまったのだからね。男として、人として最低の行為であると言える。

自暴自棄になった傍安は、だったらもっと最低のことをしてやろうじゃないか、毒を食らわば皿まで、堕ちるところまで堕ちてやろうじゃないか、と考えた。それで、ジンギスカン鍋──羊肉料理、しか思い浮かばない、というのは傍安の人間的小ささを物語っているが、エニウェイ、傍安は、そんな経緯でジンギスカンに行ったのだ。勿論、傍安はそのとき酒を飲んだだろう。しかし、いくら飲んでも自分のやったことから逃れられない傍安がジンギスカン屋のカウンター席で自嘲的に詠んだのが右の、どぼ池に糸を垂らせど釣果なしジンギスカンを食したりけむ、という歌なのだ。

だから、どぼ池というのは自分の精神の暗黒部分を示しているのであり、釣果なし、つまり、魚が釣れなかった、というのは、そもそも釣れる訳のない魚、すなわち美しい女、を釣ろうとしていた自分を自分で嘲《あざわら》うことによって、そういうことも俺はできる、と思いこみたい傍安の精神がそこに表れている、と言えるのである。それが韜晦ということなんだね。ここまで傍安のことがわかるのは私くらいのものだ。はは。だれもそんなアホなことわかりたくねぇよ。

というようなことはまあよいと仮にして、堕ちるところまで堕ちたかった傍安が実際に落ちてしまって笑えるのが次の五首である。

隈笹を刈りて滑りて崖下に転落骨をぞ折りにけるかも

隈笹を刈りて滑落哀れなる不具になりたるダサダサの吾

崖上に伏して吾がわざおよびたるそのあとをみる蝶が飛んでいる

不具である一般的に不具である。心のぢごく麻のごくらく

莫迦なひとは死んでいいよと正確に嘲る声がすっげえあざやか

一首目ではっきりわかるのは傍安が骨折してしまったということで、むっさ笑う感じの歌である。特に女性の方が笑うのではないだろうか。自分が愛したマリーの、その葬式で、外香に粉をかけている、団塊オヤジを批判しながら自分も同様のエログロナンセンスに陥っている、そんな奴は滅びてしまえばいい、と思って。

といってしかし、もっと笑えるのは本当に傍安が骨折してしまったことで、歌をよく読

むと、マジ阿呆じゃん、と思ってしまう。以下、それを読み解いていこう。

まず、冒頭の、隈笹を刈りて滑りて崖下に転落骨をぞ折りにけるかも、という歌であるが、意味は明白、すなわち、傍安は自宅で庭の手入れをしていたところ誤って滑落、骨折した。

細かく状況を見ていこう。といっても私たちに与えられている資料は五首の短歌で細かな部分は想像で補っていくより他ないのでそうすることにいたそう。

しかし、その際、想像自身が勝手にうろつきまわり、銘酒屋にあがりこんで私娼を買ったり、ビーチに行って禁止されているバーベキューや花火に興じたり、八景島シーパラダイスに行って海豚《いるか》の演芸をみて感動したりしないように、厳しく想像を管理しなければならない。想像はあくまでもここに掲示された五首の短歌に拠《よ》らなければならないのである。

そのうえで云うと、私は傍安の家は相当な邸宅であったのではないか、と推測する。隈笹《くまざさ》を刈りて滑落、ということは、傍安の家の敷地内に、その程度、すなわち滑落する程度の崖があった、ということである。敷地内に崖があるということは、それなりの規模の自然を敷地内に有しているということで、当然その敷地は広い。ということはその広い敷地に建つ家も当然、それなりの規模を有している、と考えるのが自然だからである。

その広い敷地に隈笹が繁茂していた。十人十色、蓼食《たでく》う虫も好き好き、なんつうように人の好みというものは多種多様、隈笹なんてものもそうで、わざわざ植える人もあり、例えば、文豪・川端康成先生は隈笹がお好きだったらしい。しかし、傍安はそうした隈笹が大嫌いだった。

どういうところが嫌いだったのだろうか。思うに傍安はその猛々しい生命力のようなものを憎んでいたのではないだろうか。その他の草が生えないような日陰にも隈笹は生える。そして地下茎を伸ばし、気がつけば、いつの間にかその他の草は隈笹に圧倒されて生きていけなくなる。

隈笹には、恥、という考え方がない。恥も外聞もなく、自らの勢力の拡大のために卑劣な手段を使って、恬として恥じない。そういうGuyなのだ。隈笹って奴は。その隈笹の恥知らずな生命力っていうのは、例えばあの、昼間の団塊オヤジのエロ力に似た生命力なのかも知れない。それってすっげぇ、嫌ですよね。醜悪ですよね。っていって、じゃあ、てめぇは醜悪じゃねぇのかよ？　って云われたら、まあ、僕も同じように醜悪なんですけどね。なんてことを俺に考えさせること自体、この隈笹むかつくんだよ。だから、俺は、少なくとも俺の目の届く範囲からはこの隈笹というものを排除する。その困難は、俺のなかに地下茎を張り、俺の表面に現れる、今日の昼間の醜悪な俺、勹蚪外香を誘って断られた俺、みたいな醜く隈取られた俺の精神に俺自身が立ち向かう困難なんだよ。

なんていうことを傍安は考えたのではないだろうか、と、私は思う。

ではなぜ、傍安は崖の隈笹を刈ったのか。それを私は奇異に感じる。なぜなら、邸宅の主庭というものが崖に面しているということは通常、考えられないからである。

ということは、この隈笹の繁茂する崖は、主庭ではなく、側庭もしくは裏庭であると考えられる。

傍安は座敷に面した主庭は専門の庭職にこれを整備させたのであろう。しかし、傍安は吝嗇《りんしょく》であった。

なぜそう思うかというと、傍安がマリーの葬儀でマリーの友人の女性を口説いたからで、女と付き合いたいのであれば、そんな卑劣なことをしないで一から軟派をするなどすればよい。或いは、ただ単に情欲を満たしたいのであれば娼婦を買えばよい。しかし、傍安はそれをせず、とりあえず手近、というか、ある想い出とある感傷を共有するはずの女性で欲望を満たそうとした。

なぜしないのかというと、その女性が美しかったのもその理由ではあろうが、なによりも、傍安が吝嗇であったからであると思われる。

そしてそれは銭を惜しむというのではなく、自らの精神の発動において吝嗇であるということを物語っている。自分をギャル男って感じに飾ったり、そうしなくともいろんな口舌・弁舌を弄して女を安心させ気安くさせ、その気になるところまでもっていくということを傍安はやらなかった。

なぜやらなかったか。

それを傍安に聞いたら、けだるい感じで、ティーシャーツの裾をくりくり巻き上げて醜い腹を露出しつつ、「だって面倒くさいじゃん」といったかも知れない。しかし、傍安の心の奥底に蟠踞《ばんきょ》する感情はまた別のものであったかも知れない、と私は考える。

じゃあ、そこになにがあったのか。

私はそこに傍安の圧倒的な自尊心、自らを恃《たの》む心、というものをみる。

この偉い俺がなんでそんなことをしなければならない？　という心である。

しかし、どぼ池に、の歌に明らかなように現実は傍安を評価しない。傍安の歌にはいつもその摩擦力が働いているように私には思える。

エニウェイ、傍安がそうした男であったことを前提に、傍安吝嗇論に戻ると、ややこしい話になるが、そうして精神的に吝嗇な傍安は、その精神の吝嗇によって現実的にも吝嗇であった。

どういうことかというと、傍安は邸宅に住みながらキャッシュフローがなく、精神と金銭が直結みたいなことになっていたからである。

というのを具体的に云うと、はっきり云ってヒトは腹が減ると不機嫌になる。愛、平和、なんてな寝言は、腹がいっぱいだからこそ云える戯言であるということがいろんなことをやってみて、リアリズムのなかで、当初、ジョン・レノンの云っていたことに比して、なにを寝呆けたようなことを云っているの？　と批判されていたポール・マッカートニーの方がいまやリアルで、逆にジョン・レノンの歌の方が、じゃあ、誰が？　何語で？　イマジンを歌うの？　まさか英語じゃないでしょう。もしかして、北京語？　みたいな寝ぼけ節に堕してしまったいま、傍安のような男は、銭、という概念に精神的にも現実的にも圧倒されていたと思われる。

なので傍安は植木屋の払いを惜しんだ。さすがに主庭の部分は植木屋に手入れを頼んだが、裏庭については自分で手入れをすることによって経費が節減できると考えたのだ。

傍安は鎌を手に、「まったくこの時期は銭のかかることばかりだ。植木屋の支払いにくわえて、自動車税、住民税、固定資産税。なにかと云えば銭、銭。なにがドリームジャンボだ、ばか野郎。ナイトメアジャンボだよ、こっちは」などと呪詛《じゅそ》しながら隈笹の繁茂する崖に降りて行き不安定な姿勢で笹を刈ったのだ。

そして、傍安は滑落した。

原因はおそらく不注意。仕事というものはなんでもそうだが、真っ直ぐに向き合い、全力で取り組まなければならない。しかし、傍安はそうしなかった。半身で、五分の力でユルユル、取り組んだ。集中力皆無、ああっ、うつぜぇな、めんどくせぇな、と思いつつ、しかし、それを口に出してしまうと本当に嫌になってしまうので、自らを鼓舞する意味で、あらよっと、とか言って、しかし、そのあらよっと、と云うこと自体に半身の姿勢なので、その、あらよっと、がきわめて軽薄というか、その仕事を小馬鹿にしているような調子を帯びて、傍安の精神は鼓舞されるというより、より狡猾で高慢で、こんなことを向きになってやる奴はバカだ、みたいな感じになっていったのであった。

その結果、崖を水平移動した傍安は、刈り取ったまま放置した隈笹の葉に脚を滑らせて滑落し、骨を折ったのだ。

そして次に、隈笹を刈りて滑落哀れなる不具になりたるダサダサの吾、という述懐がある。哀れなる不具、とあるのだから、相当の重傷、おそらくは日常の立ち居に不自由をするくらいの怪我であったのだろう。まことにもって気の毒なことであるが、マリーの葬儀での傍安の行動を考えれば、罰が当たった、ともいえるし、或いは、マリーの死霊がとりついてそうなった、とも考えられる。非科学的な話だが。

その次の、崖上に伏して吾がわざおよびたるそのあとをみる蝶が飛んでいる、も、わかりやすい歌で、おそらく脚を砕いて歩行困難となり、独力で立っていられなくなった傍安は崖の上に腹這いになり、崖下を眺めたのだろう。崖下には草が生えているところと生えていないところがある。

生えていないところが、吾がわざおよびたる、すなわち、傍安の力が流れた痕跡である。もはや、立つこともかなわなくなった傍安はかつての自分の業績を悲しく眺めている。そこを蝶がヒラヒラ舞っている。

自由に飛び回る蝶は傍安の思いの表れ、ともとれるし、傍安には絶対に手が届かない自由、のようにも思われる。

そんなつらい日々に傍安は耐えられなかったのだろう、次の歌で、不具である一般的に不具である。心のぢごく麻のごくらく、と詠っている。上句で、不具である一般的に不具である、というのは、最近よく人々が、フツーに、という意味であろう。自分はフツーに不具、と言っている、つまり、留保なしに不具である、と云っているのである。

下句は少々、わかりにくいが、つまりは、心の苦しみから逃れるため、大麻草か大麻樹脂を吸引した、と云っているのである。

人間、とくに傍安のように心の弱い人間は、逆境にあって簡単にめげる。拗《す》ねる。もういいよ、やってらんないよ。などといって逃避する。

逃避の方法は、ネトゲにのめり込む人、マンガを読み漁る人、キャバクラに通い詰める人、パチスロをやめられなくなる人など、人によって様々であるが、傍安の場合は大麻を吸引し、五感を変容させることで現実から逃避した。現実を拒絶したのである。

なので、次の、莫迦なひとは死んでいいよと正確に嘲《あざけ》る声がすっげぇあざやか、という歌の、嘲る声がすっげぇあざやか、という句は、大麻を吸引することによって聴覚に異常をきたした傍安の耳に、その声が、その人の喉の状態までもが想起せらるるほど鮮烈に響いた、ということだろう。

では、傍安に、莫迦なひとは死んでいいよ、と云ったのは誰だろうか。

私はそれは、誰かが傍安に対座して云ったのではなく、テレビとかラジオで、所謂《いわゆる》とこ ろのコメンテーターみたいな人が云ったのではないか、と思う。

なぜそう思うかと云うと、歌からみて、この時期、傍安は孤独で鬱屈した生活を送っていたはずで、しかも不具になって自暴自棄になっていたはずである。

そういう人というのは一般に友達が少ないし、いたとしても敬遠される。なので傍安が聞いたのは、テレビかラジオでコメンテーターみたいな人が口にした、愚かな人間は死んだ方がいいんですよ、といった些《いささ》か乱暴な意見と思われるのである。

そして、それを傍安が歌に詠んだのは、莫迦な奴は死ね、というその意見が傍安の耳に恰も自分に直接に云われているように響いたからであろう。さほどに傍安は自分の境涯を自ら恥じていたのである。

と、これまで十首を順に読んできたが、果たして傍安とはいかなる人物なのであろうか。私にはぜんぜんわからない。わかっているのは、邸宅に住んでいること。男性であること。くらいである。

邸宅に住んでいる。ということは傍安は金持ちであるはずである。ところが、その歌からはまったくそうした感じが伝わってこない。それどころか、社会の底辺を這いつくばって触角だけをおごめかせて生きてる下層民、みたいな匂いがプンプン片仮名で伝わってくる。

これはいったいどういうことなのだろうか。

そして傍安はいったいなにをして暮らしているのだろうか。どんな経歴の持ち主なのだろうか。それを知る手がかりが次の五首である。

この俺を人夫と云うななめるなよ葱チャーハンは大盛りがいいよね

臆病なあなたに問いますどうしたのですか。ただ生きてますボボンボボンと

毎日の穢さのなかの腹這いの向こうの音になりにけるかも

大磯で内臓肉を食したりうまいけどでも量が多いわ

噛めど噛めど豚の大腸噛みきれず難局のなかで国をしぞ念ふ

傍安は、この俺を人夫と云うななめるなよ、と詠っている。ということは傍安は人夫であったということであろう。人夫、すなわち、労働者・労務者、メリケン粉の入った袋を担いで運ぶとか、穴を掘るとか、山と積まれた瓦礫を袋に詰めて運ぶとか、そんな力業に従事する人である。日当はそうさな、せいぜい一日一万円か、いっても一日一万二千円か、そんなものだろう。ということは月に二十日稼働したとして、月収二十万円とかそんなもの、年収にして二百四十万円程度で、いわば貧困層である。

そんな傍安が邸宅に住んでいるというのはどういう訳か。また、普通そういう生活をしておれば、着るものやなんかも惨めで、貧困などの理由により、結婚できない若者が多

い、なんて報じられているように、到底、若い女性と恋をするなんてことはできぬはずだが、傍安は、マリーと恋愛したり、その友人の女性に懸想《けそう》するなんて浮ついた生活を送っているのはどういう訳か、という疑問が当然、生じる。

さし迫った仕事があるのにもかかわらず、私は日々、そのことばかりを考えた。そして、傍安は根っからの下層民ではないのではないか、という結論にいたった。

傍安は裕福な家庭に育った。

しかし、ある時期から、傍安は曲がったのだろうか。どのように曲がったのかはわからないが、朱に交われば赤くなる、悪い友達に感化され不良になったのか、主義者の影響で思想にかぶれたのか、或いは、文学の毒に冒されたのか。とにかく曲がって、本来であれば学校に進んで社会の指導層となるべき境涯にあるのを自ら進んで落伍、いわゆるところのドロップアウトをし、人民大衆とともに生きる、などと嘯《うそぶ》いて人夫になったのである。ということはやはり傍安は思想にかぶれたのであろうか。いずれにしろ、そういった類の事情で人夫になったのだ。

ならば、徹底的に下層民になればよいようなものであるが、右にみてきたように、甘やかされて育って心の弱い傍安は、簡易宿泊所などの生活に耐えられず、ならば親の家に戻るのかというとそれもせず、じゃあ、どうしたかというと、親が持っている別荘・別宅に住む、という選択をした。そして、どこまでも傍安に甘い親は、税務上の問題もあったのかも知れないが、別荘の管理、という名目の給与を傍安に振り込み、それに加えて、補修・営繕費という名目の必要経費も随時、支払っていたのではないだろうか。

だからこそ、傍安は銭もないのに恋愛をすることができたのだ。しかし、カネは不足がち、そこで少しでも費用を浮かせようとして自ら裏庭の整備、大怪我をしたのである。

葱《ねぎ》チャーハンという名の料理があるのかどうか知らないが、そうした労務者が行くような食堂には具が葱だけの安価なチャーハンがあったのかどうなのか。或いは、傍安の造語であるかも知れない。

チャーハンはまあ、よいとしてそのように考えると、二首目の、臆病なあなたに問いますどうしたのですか。ただ生きてますボボンボボンと、という歌は、迚《とて》もわかりやすい歌である。

おまえはどのように生きているのだ？　という問いに対して、ただ生きている、ボボンボボンと、と答えている。ボボンボボン、という音は、平凡に、という意味にもとれるがそうではなく、太鼓などがボボンボボンと、単独で、すなわちアンサンブルのなかで他の音と有機的に結合しつつなんらかの意味と役割を果たしつつ鳴るのではなく無意味に鳴っている、ということを表現したのであろう。

つまりこれは傍安が自らを苦い気持ちで嘲って詠んだ歌で、その気持ちは、臆病なあなた、という句に如実に表れている。

一首目の、葱チャーハンは大盛りがいいよね、という下句は、そうした雰囲気のなかで、いかにも、な口語的表現を付け加えたのだろう。そうした部分に傍安の心底が透けてみえるのである。

三首目、毎日の穢《きたな》さのなかの腹這いの向こうの音になりにけるかも、は解釈が難しい歌である。というのは傍安が、そもそも社会の指導層にいるはずの自分という立場と、そういう家柄を厭悪して労働者になった自分という立場、どちらの立場から詠んだ歌なのかが判然としないのである。

それは、毎日の穢さ、の、穢さ、向こうの音になってしまったのだなあ、という述懐における、向こう、がどちらを意味するのか、ということだと思うが、結論から言うと私は、この歌を、元来、社会の指導層にいるはず／いたはずの自分が、こんな労務者みたいなことになってしまった、という風に読む。

なぜかというと、これまでの傍安の、いやなことがあったらガンジャを決めて忘れる、といったテキトーな所業を考えるとそうとしか思えないからで、指導層となるためにすべき努力を一切しないで、自分は向こう側の人間になってしまった、と居直るのがいかにも傍安らしい。

向こう、というのは、境界の向こう側、ということだろう。川向こう、なんて言葉も連想せられる。

さてそこでまず考えるべきは、毎日の穢さのなかの腹這いの、という句である。

これは、毎日の穢さのなかの腹這いの、向こう、ではなく、毎日の穢さのなかの腹這いの、音、と読むべきだが、毎日の穢さ、というのは、そうした向こう側の生活すなわち、人夫としての生活、命令され、号令され、並ばされ、職長の命じるまま唯々諾々と穴を掘削したり、瓦礫を運搬したりして日々の糧《かて》を得る生活に、心がすっかり萎《な》えてしまった、しょぼぼん、としてしまった様子を、腹這いの、という言葉で表しているのである。

ならば、腹這いになってしまった、とダイレクトに言えばよいようなものであるが、傍安は、腹這いの音になってしまった、と言っている。

ここで傍安は自分は、音、だと言っている。腹這いの音、と言っている。腹這いの音とはどういうことか。私は五線譜を連想する。

五線譜の、アルト記号の底の底に、みんなはもっと上の方でソプラノな部分で楽しく音楽をやっているのに、自分だけがこんな低いところでひとりでひっそり腹這いになっている、と傍安は言っているのである。身勝手な自己憐憫《れんびん》的な考え方である。

つまりまあ、傍安はそんな自己意識を持っていた。

次の歌はさらに生活感がある歌である。大磯で内臓肉を食したりうまいけどでも量が多いわ。拙劣の極みではあるが、実感のこもった歌である。歌意は明快で、神奈川県中郡大磯町というところに行き、内臓肉の料理を食べたところ、美味ではあったが些か分量が多く、持て余したことであるよ、みたいなことを傍安は言ったのである。

内臓肉というものは、そもそも安価にして、こころ安き食物、自分は本来は指導層の人間、と考えている傍安はあえてそういうものを食したのだろうか。私はそうではないと思う。傍安は本当にそれを欲し、それを食べたのだろう。

では傍安の食べたのはどんな料理だっただろうか。

興味・関心を抱いた私は、Google、という制度を用い、大磯　内臓肉、という言語を検索してみた。

したところ、ブログという簡易形式のサイト、ツイッタルというそれをさらに簡易形式にしたサイトなどに当たって、読むと、よくわからないシェフみたいな方が三枚肉を窪みに押し付けている様子を書いてあったり。関西と関東が塩のなかで水のような瞳をくっつけあっている、と書いてあったり、胃潰瘍なので腹に穴をあけて五分に一回、胃を直接に搔《か》いている、と書いてあったり、自分はハーブの力で自分の股を切り取って内側に味噌を塗って云々、と書いてあるなど、はっきり謂《い》って気違いみたような記事ばかりで、なんの参考にもならなかった。

ならば、本当でいえば、自分で大磯にいって、それがなにだったのかを確かめるのが正しい態度なのだけれども、本ホントほんとに本を凡人ながらぼややん本人、仕事をしないと生きていけないのでそんな暇なく、想像で考えるしかないというのは悲しいことだがそうするに、水煮した豚の直腸を味噌で味付けしたものを丼に盛った飯のうえにのせた料理ではないかと思う。

傍安はそれを、うまい、と思って貪り食らった。口の端に味噌ダレや飯粒をいっぱいつけて浅ましく貪り食らった。しかし、いかんせん、量が多かった。それで傍安は途中から味に飽きてきたのであろう、そしてそのうえ、その豚の直腸は、茹で方が悪かったのであろうか、噛んでも噛んでも噛みきれない、と傍安はこぼす。そんな直腸がうまいのであろうか、と思うが、調子のよい傍安のことだから、まあそれも乙なものでございましょう、かなんか言って食べていたに違いない。しかし、飽きてきた。さらには、傍安はそれを、難局、と言っている。つまり、これをいま嚥下《えんか》したら喉が詰まって死ぬ、と感じているのである。

そして、そのとき突然、傍安は、国をしぞ念《おも》ふ、といって国家のことを考える。

自分はいま難局にある。そして国もいま難局にある。自分もいま喉に豚の直腸が詰まって大変だが、国もいま莫大な借金があって大変だろうなあ、と傍安は思うのである。なんで傍安がそんなことを思うのかというと、傍安が自分はそもそも社会の指導層にいる人間、と考えているからであろう。ちなみに大磯というのは神奈川県中郡大磯町のことで、敗戦後の日本を指導した内閣総理大臣・吉田茂の自邸があった場所である。傍安は人夫としてそこに行ったのかも知れない。
　そして最後の五首。

中毒の果てに広がる青い空。虫になりたい虫になりたい

一心に帰りたいと念じてるでも頼む酒でも頼む蟹

目と脳につるつる光る曲線の押し寄せきたる夜の港区

ゴミクズとして神あがりたまう右折車に視点者はいう死にやがれクソ野郎

もはやもう昼夜わかたぬ獣なれば口と口のみしあわせになる

グレゴール・ザムザは自ら予期せぬまま虫になった。しかし、傍安は自ら虫になりたいと言っている。その理由は上句に明白、中毒の果てに広がる青い空、というのは傍安のカラ元気で、マリーが死に、勹蚪外香にふられ、本来、社会の指導層にあるはずなのに現状、人夫の自分は不具になり、その辛さを乗り切るため傍安は麻薬を常用するようになったのである。

歌からみると傍安は様々の麻薬を使用したと思われるが、主に使用したのはやはり覚醒剤であろう。しかもその中毒症状は相当に進んでいたと思われる。

傍安は心のうちでは、一心に帰りたい、と念じていたのだ。にもかかわらずついつい頼んでしまう酒、蟹。というのは、プッシャー・売人やシャブ仲間との連絡・交際を絶ちたい、と思いながらズルズルとつきあってしまい、中毒の泥沼に嵌まっていく傍安の心情を表しているのだろう。

次の、目と脳につるつる光る曲線の押し寄せきたる夜の港区、という歌は、傍安が決まった状態を後に思い起こして詠んだ歌である。港区の、おそらくは六本木あたりで麻薬に酔い痴れ、悦楽の三昧境にあった、そのときの状態を詠んだのだろう。いやな歌だ。

そんななか、傍安が横断歩道を渡ってると、右折車が突きこんできた。激怒した傍安が死にやがれクソ野郎、と毒づいた様子を詠んだのが、次の、ゴミクズとして神《かむ》あがりたまう右折車に視点者はいう死にやがれクソ野郎、という歌であるが、よくわからないところがいくつかあるので、それについて考えてみる。

まず、わからないのは最初の、ゴミクズとして神あがりたまう、という句である。かむあがる、天皇や皇子が神として死後、天上にのぼり座《まし》ますことをいう。ところが、傍安はゴミクズとして神あがりたまう、と言っている。ゴミクズとして死後、天上にのぼる、と言っているのである。

これはどういうことだろう、という疑問を一旦、脇へ措《お》いて、では、ゴミクズとして神あがりたまう、のが誰なのか、ということを考えてみよう。

もっとも自然に読めば、ゴミクズとして神あがりたまう右折車、ということになる。右折中に事故を起こした右折車は、ゴミクズとして神あがる、すなわち、死ぬのである。

というとふたつ、おかしな部分がある。ひとつは、この事故は右折車と視点者が関係する事故であるが、右折車は当然であるが自動車である。そして、視点者は、おそらくであるが、傍安である。ということは、人と自動車の事故ということになって、ならば通常、死ぬのは人間である傍安のはずなのに、自動車である右折車が死んで、傍安、おまえはターミネーターか、ということになってしまう。

もうひとつは自動車が死ぬ、と言っている点で、無生物である自動車が死ぬ、というのはどう考えてもおかしいのである。

　ということは、どう読めばいいのだろうか。私はこれは、ゴミクズとして神あがりたまう。で一旦切って、それから、右折車に視点者はいう死にやがれクソ野郎。をひとつながりのフレイズとして読むべきであると思う、すなわち、横断歩道上に歩行者がいるのにもかかわらず、突っ込んできたベントレーといったような高級車に視点者であり歩行者である傍安は、死にやがれクソ野郎、という罵声を浴びせかけた、とこういう訳なのである。

　そこで最初の疑問に返ろう。ゴミクズとして神あがる、とはどういうことなのか。ゴミクズとして神あがったのは誰なのか。という疑問である。

　私はそれは傍安その人であると思う。乏しい嚢中《のうちゆう》から銭を割《さ》いて弐g参gとちまちま麻薬を購入する自分とそれらを何kgという単位で扱い莫大な利益をあげ高級車に乗る元締に比べて自分をゴミクズのように感じていたのであろう。そうした高級車に乗っている人の大抵が非合法なビジネスで成功した者なのである。

　ではこの時点で傍安は死んだのかと言うと、当然だが死んでいない。なぜなら死んだらこうした歌は作れない。きわどいところで傍安は助かった。と、考えることで、ゴミクズとして神あがりたまう、という句の意味が理解できる。つまり、ゴミクズとして神あがったのは、傍安ではあるが生身の傍安ではなく、傍安の分身が、神あがったのである。

それでは傍安の分身とはなにか。それは傍安の、死にやがれクソ野郎、という罵声である。このゴミクズのような罵声が、光り輝きながら立ち上っていくのを傍安は見た。

おそらくこのとき傍安はアシッドを服用していたものと思われる。

さて。ここでさらに生じる疑問がある。

傍安は自邸の裏庭の隈笹を刈っていて滑落、不具になったのではなかったのか、という疑問である。

歌の情景とすれば杖を引き、或いは、脚を引きずって歩く傍安が、高級車に轢《ひ》き殺されそうになって顚倒《てんどう》する、という方がより印象が強いが、私はそうではなく、この時点で傍安は完治していたのではないか、と思う。

確かに、不具になりたる、と傍安は言っていた。しかし、実際は不具というほどのことではなかったのであろう。よく、たった三日間、アルバイトをしただけなのに、「俺は元々、土方だから」と吹聴したり、ちょっと目が疲れただけで、「もうダメ、ぜんっぜん、目が見えない」なんて、ちょっとしたことを大袈裟にいう人がいるが、傍安はそういう人間だったのだろう、骨折すらしておらず、三日かそこら脚を引きずる程度の捻挫で、ああああつ、こんな不具になってしまって……、と詠嘆してこんな言葉を使って人の気を引こうとする一方で自分はシャブ食って得々としている、みたいな、そんなGuyなのである。

という訳で、この時点で傍安は普通に歩けていたのだ。そして。

その後、傍安は覚醒剤を使用しつつ女と性交したものと思われるのが次の歌、もはやもう昼夜わかたぬ獣なれば口と口のみしあわせになる、という歌である。

歌意は明快で、自分たちは（覚醒剤の使用によって）もはやいまが昼か夜かもわからないくらいに、獰猛に性を貪る、人間らしい理性を失した獣のような生き物である、ということを詠っているのである。

自分はそもそも社会の指導層にいるはずの人間であるが、たまたまゴミクズみたいなことになってしまった、と思いつつ、隈笹を刈っていて怪我をしたり、大磯でホルモン肉を食べたり、覚醒剤を使用していわゆるところのキメセクを楽しんだりしている蘇我臣傍安の二十首の短歌を私は詳しく読み、それをこのノートちゃんに記した。と云うと、私のような人間がまるで十二歳の小娘のごとくにノートのことをノートちゃんと言っていることを奇異に思し召す方があるやも知れぬので一言申し添えると、別になんの意味もない。突如として、自分のなかにノートをちゃん付けで呼びたいという気持ちを発見し、それを正直に表したまでに過ぎない。

というと、文学者がそんなよい加減なことでだうする。というお叱りを受けるかも知れぬが、私はその批判を甘んじて受けようと思う。ただひとつ。そう思った、すなわち、自分がノートちゃん、と思ったのにもかかわらず、そんなことを言ったら莫迦だと思われると思って、体面を取り繕い、ノート、と云ひ替える文学者を私が軽蔑していることを申し添えておく。

なーんてなことはまあよいとして、とにかく、蘇我臣傍安という人はそういう人であった。つまり、恵まれた環境に育ち、自分は本来は社会の指導層にいるべき人間であるという自己意識を持ちつつも、好き勝手に振るまって周囲に迷惑をかけたそのうえで、それだったら黙って自分だけで楽しく生きていたらよいのに、それをわざわざ短歌にして私に送りつけてきた。

恐らくは私が、その短歌に感動・感服し、「いっやー、恐るべき才能だ。こんな才能が市井に埋もれているということ自体が文学の損失だ」かなんかいって、「短歌捻転」の編集部とかに推薦状を添えて転送すると思ったのだろう。でもはっきりいってそんなことはせぬ。だって、「短歌捻転」の人とか私は一切知らないし、もし知っていたとしても、特に感動しなかった短歌を紹介することはないからだ。

というと、いまこれを読んでいる読者の人は怒るかも知れない。

そりゃそうだろう。この小文がこうして活字になっているのだからね。

それについては、申し訳ない、僕、正直に申し上げる。

最初に、言いましたでしょ。なにが、って、そう、約束を守らない人間はクズ中のクズ、と。それに私はなりかけていた。この小文の冒頭に書いたとおり、私は約束した期日のある仕事に疲れ倦み、仕事を放擲《ほうてき》、蘇我臣傍安の短歌のことばかり考え、それをノートちゃんに書いて、後の時間は、ソーダ水を飲んだり、茴香豆《ういきょうまめ》を茹でるなどしてだらけて過ごしていた。

そんなことをするうちに、なんということだろうか、知らない間に約束の期日になってしまった。

そこで私は、えええっ? もう? と言ってみたり、Really? と問いかけたり、しまいには、「時間の正体」という書物を買ってきて神棚に供える、みたいなことまでしたのだけれども、期日になってしまったものは仕方ない。そこで、じゃあたまたま書いたこれがあるからこれでいいじゃん、と考え、ノートちゃんに記した文章を浄書のうえ、これを送信したのである。

ということを正直に言うと、そんなクルマエビな、と言って僕を批判する人が出現して僕を悩ませるかも知れない。批判したければすればよい。クルマエビでもなんでもよいが僕は、約束を守らない外道になるのだけは避けたかった。生きる価値のない最下層の、屈辱を露出することによって残飯をめぐんでもらって辛うじて生きるズンベラボンにはなりたくなかった。少なくとも僕自身は辛うじてそうならなかったことに安堵している。胸を撫で下ろしている。腹も撫で上げている。その腹が丸い。年相応のメタボ腹なのである。猫の毛のつきたる衣服の下腹の腹の丸みをいまは撫でている。って感じ。

って、そんなことはどうでもよい。

とにかく私は蘇我臣傍安という人物の生涯のある特定の時間をその歌を通じてここに描いた。一人の男のひりひりするような現実を描いた。そのことに価値があるかどうかを判断するのは私ではない。ナイル川のほとりたたずむ読者、すなわち卿等《けいら》である。これをおもしろいと思うのもくだらぬと断ずるのも卿等の自由である。なので云う。勝手にしやがれ、と。

そして最後に、かかることを書いたことによって僕の神経が変奇になったのだろうか、意識のなかに頻《しき》りに文字がおごめいて、もぞもぞしていたかと思ったら、あるカタチになったまま屍骸のように固まったので以下にそれを記して擱筆《かくひつ》することにすることにする。じゃあ、記す。

殺すぞおまえおまえは一生うた詠むなつか一生口きくな自宅で猿とうどん茹でてろ。
いまの自分の偽らざる心境を記した。さて、今日は晴天だ。家事、育児、労務問題、財政問題。いろんな問題をみんな抱えている。僕も抱えている。でも、そんなことは相対的なことだと思って、自分自身が愉快に生きる、楽しく生きる。そのことだけを考え、この一瞬を楽しもう。そのことは僕は傍安その人にさえ、言っている。とまれ。グッバイ。みんなのお蔭で私は爽やかに筆を擱《お》くことができた。みんながいま現在、素晴らしく楽しい。それを僕は信じているよ。それだけを言って、そう。了。

ぐほほ。ばまりよった。という気持ち半分、くっそう、そんなこと吐《ぬ》かすなよ、という気持ち半分。適当に言葉を並べ、なんか弱めのブルースみたいな感じにしといたら、ええんちゃうんけ、つう感じで、言葉を自分のなかから適宜適宜、ちゅるちゅるっ、と出しておいたら、でも、そこに必死の人生、出しておいたら、こいつ、俺はアホやとマジで思うけれども、おもっきし、ひっかかりくさりやがりやがりやがった。おもろいなあ、おもろいわあ、と、口に出して云い、奔、というその雑誌をカフェの隅の、他の貧弱な椅子に比してなぜか一脚だけ豪奢な革張りのソファーに半ばのけぞるように座り、電話を弄《いじ》くっている未無に、これおもろいから読んでみい、と大坂語で言って渡した。

黙ってこれを受け取った未無は黙ってこれを読み、黙ってこれを返し、また電話を弄くり始めたので、虚心坦懐、未無に、どう思う？　と問うと、未無は、「愚劣だと思います」と単簡に答えたので俺は嬉しくなった。

なぜなら、未無ほどの年齢の女の子のなかには、実際はアホで言ってることがほとんど寝呆け節としか思えない、のにもかかわらずマイナーながら支持を得て、国民の無意識に影響力を及ぼして混乱を招来する紅田両奴を、ステキ、とか、ヤバい、とか言って支持する子もけっこういて、それこそヤバい、と思っていたからである。

といってしかしもちろん紅田両奴と俺は住む世界が違うので、関係ないといえば関係ない。しかし、世界というのはその隣との関係に際立つことによって成り立っているので、これを放置するとやがて俺の住む、っていうか生きる世界もムチャクチャになってしまう可能性がある。

そうした可能性の芽は潰せるものであれば早いうちに潰しておくに如くはない。

こいつを潰すのは俺の使命。俺の勇気。そして希望。青雲。ラララ、君が見た光。

そう思っていたので、ひとつの罠《わな》として、こいつ莫迦だからこういうのにはひっかかるよな、みたいな小説をいくつか用意した。

それを送りつけることによって、紅田両奴の文学を根底から破壊してやろう、と思ったのである。しかし、ふと思ったのは、あいつ、読まねんじゃね？　ってこと。もちろん読めばあいつの文学は根底から崩壊する。しかれども、なんでそんなことを知っているかというと、あいつ自身が得々とエッセーに書いているからだけれども、あいつは自分の属する世界から送られてきた本ですら期日ぎりぎりに読んでいるような有様で、別世界に属する俺が送った本にもなっていない文章なんて読む訳がなく、封も切らないでダイレクトに屑籠に投入するだろう。そういう男だ。

じゃあ、どうすればよいのかな。そう思ってオリーブの木の幹に抱きついたり、右手と左手を闘わせたり、女と戯れたりするうち、短歌を書いて送ったらいいんじゃないかな、それだったら短いから読みよるのではないかとぞ思った。

それで、おまえ、こっちの世界の感じ感を適宜・適当にまぶして、ごくいい加減なものを殴り書きに書いて送ったら、おほほ、案の定、引きかかりくさった。さあ、これをこいつがこれについてこんな文章を書いたことで、俺と紀田両奴の間に橋が架かった。俺や未無の住む世界と紀田の住む世界に道ができた。

神秘的に通じた。霊的につながった。向こうからしたらつながってしまった。通じてしまった、ということになるのだろうけれどもな。

さあ、そして、この道を、この橋を通って、なにをまず送りつけてあげましょうか。なにをスパークさせてあげましょうか。と考えるとき、すぐに思いつくのはやはり未無。昨日、この店で知り合った未無、女の子本位制が導入されるなか、どこにでもいるスーパースター、向こうの世界からみたら奇跡としか考えられない未無を送り込めば紀田の文学なんていう脆弱《ぜいじゃく》なものは一瞬で崩壊する。

しかし、それには未無の同意が必要だ。俺は俺と私の中間で桶を使って水を汲みながら、相変わらず電話を弄くっている未無に話しかけた。

「あのさあ」

「なんですか、小角」

「さっきからずっと電話を弄くっているけどなにしてんの」

「友達からの来信に返信をしているのです」

「ずっと?」

「はい」

「何本くらい来てるの」

「現状で約八百です。そしてそれは増えつつあります」

「じゃあ、忙しい?」

「いえ。重要な通信は皆無ですから」

「ちょっと頼みたいことがあるんだけどいいかなあ」

「いいですよ。なんでもやります。暇ですし、小角、好きだし」

未無がやってくれると言ったので、俺は桶を棄て、俺の近くに戻って未無に、世界が嫌な気配に充ちないため、紐田両奴の愚劣な文学を破壊したい。その目的を達成するために君に協力してもらいたい。と言った。未無は、「承りました」と言った。「それってでも結局あなたが自分にとって都合のよい環境を作りたいだけですよねぇ」とも。

俺は、いつの時代も革命っていうのはそういうものだよ、と宇宙に向かって呟いていた。

さてそしてそうなって問題なのは、未無がやる、と言ってくれたのはいいんだけれど、この店をどうやって出るかだった。うかうかと入ったその店には入り口はあったが出口がなかったのだ。

俺は店のフロアーを見渡した。

一定以上のラインを越えると虚無的なグレイの空間があって、それ以上、行けないようになっていた。無謀な人がそっちに行かないように岩石が積み上げてあるなどした。岩石には黄色いペンキで、禁止禁止禁止。猟銃にて巡回中。なにびとたりとも近づけば撃ちます。注意。と、書いてあった。

入ってきたはずの入り口は、天井の隅の小さな点となっていた。

もちまえの反抗心がムクムク、ほんと、ムクムク、って感じで頭をもたげた。

なにが禁止だ。なにが撃ちますだ。撃てるものなら撃ってみろ。微塵がっ。

怒鳴り散らしながら、その岩の方に、ノシノシ、ほんと、ノシノシ、って感じで歩いていくと、遥か辰巳の方角から、いけませんいけませんいけませんいけません、と叫びつつ、白黒の物体が回転しつつ飛来してきて悶着になった。

「なんなんだ、君は」

「そっちへ行ってはいけません」

「うるさいっ。儂はここを出たいんだ。出口はどこだ」

「そんなものありませんよ」

「じゃあ、どうすればいいんだ」

怒鳴りつけると回転しつつ飛来してきた物体、いまみると白いサージのズボンに黒いポリエステルのシャツを着た店員らしきその男、が丸めた紙片を手渡し、開いてみると、一金壱萬八阡六拾圓也、と書いてあった。

「なんだこれは」

「お代を払ってください」

男は物狂いしたような目つき、取り憑かれたような口調で言ったのである。そんな顔をされてまで口論したくないので黙って支払った。したところ、ポッカリ、ほんと、ポッカリ、って感じで出口が開いて、俺は未無と外に出たのだった。こういうのを出口戦略というの。だ。よ。たれそつねなら。む。

久しぶりに出た町には靄《もや》がかかっていた。山猫のような気配が町に充ちていた。街灯の光が橙色にぼうと光っていた。滑走路のような十二車線、一方通行の道路の両側はオフィスビルらしく、人気も明かりもなく、未無と俺は乳白色の靄のなかを黙って歩いた。

六ブロック行くと行く手に大橋がみえてきた。大橋の下を流れる川は大河で川幅が広く、向こう岸が霞《かす》んでみえなかった。

俺と未無は長い橋を歩いて渡った。大河の川面《かわも》が真っ黒だった。

そして未無はおそらく完璧にやった。と思う。

俺は、これで三軒目なのだけれども、探している本がどうしても見つからず、途方に暮れてヌードグラビアを眺めている人、みたいな体《てい》を装って観察していた。それまで淡々とサインをしていた紕田両奴は、急に動揺して未無の顔を見上げ、さらに落ち着かぬ様子でサインし、ぎこちなく言葉を交わした。

あの長い橋を渡りながら、方法はいくらでもあるのだが、さて、どうやって紕田に接触しようか。と呟いた俺に、「サイン会にいけばいいんじゃないですか」と言ったのは未無だった。長い橋を渡りながら俺が、「そらねぇ、確かにそうかも知らんがね、そんなうまい具合にサイン会があるかいっ、そでしょ」と言うと、長い橋を渡りながら未無は俺に電話を見せびらかした。電話には、紕田両奴先生『先送り・鯔《ぼら》の発光』発刊記念サイン会のインフォメーションが表示されていた。未無と俺は長い橋の途中で立ち止まり、靄のなかで茫《ぼう》と光るその表示を暫くの間みつめた。

そうして行った、ターミナル駅の次の、でも地下鉄の乗り換えとかもあるし、かっこええ感じのホテルもあって、すかした男女で賑わう駅の駅ビルのなかにある書店の、蛍光灯のしらこい光のなかで開かれた、紕田両奴先生のサイン会会場で、白ワンピの未無は鮮烈であった。むっさ、目立っていた。というか、その他の場所であっても未無は人目を惹いた。なぜなら未無の美貌は風景を切り裂き、各個人それぞれに流れる時間、共通してうつろう時間を瞬間に固着させたからである。

それ以降は、俺らの計画通りになった。

その未無が最初、俯《うつむ》き、新未無様、と未無の姓・名を間違えないように緊張しているのがありありとわかる筆運びで書いている最中に、「奔、読みました」と云ったとき、紕田両奴は、「ああ、そりゃどうもありがとう」と言っただけだったらしい。しかし、続けて、書き馴れぬ人の名前を書き、後は間違えるはずのない自分の名前を書くだけだ、って感じで、ほっとしている、油断している感じで、それまでの渋滞ぶりとは打って変わったサラサラした筆運び、どやっ、って感じで、自分の名前を墨書している紅田に、「それ、本名なんですけど、私のペンネームは蘇我臣傍安なんです」と、言った途端、紅田がぎょっとしたような顔で未無をみたのは、ははは、莫迦な奴だ、そのときは締切の苦しみから逃れたい、約束の仕事をさっさと終えて飲みに行きたい、という一心から後先を考えずに俺の作った短歌について書いた文章を発表したところ、その作者が現れ、「おまえ、なに無断引用しとんねん」と言われたら、一言も返すことができぬからである。そして。

さらにこっちにとって都合がよいというか、おもろいのは、紅田両奴が、未無の顔を見て取り乱したという点で、紅田は明らかに未無の美貌に心を奪われていた。

そしてまさにその瞬間に未無は手紙を差し出した。

自分は紅田両奴の熱心なファンである。自分の短歌をあのような形で取り上げてくれたことを光栄に思っている。しかし、無断引用である。掲載前に連絡があったらもっと嬉しかった。また、それは実際の私と違う部分もある。というか、まったく違っている。でも、それは私の短歌が拙《つたな》いせいで、あなたのせいではない。これからは少しでもあなたに近づけるよう努力したい。電話番号を記しておくので、もしよかったら電話をかけてほしい。

という内容の手紙である。俺は、絶対にかけてくる、と思っていた。なので、橋を渡って戻らないで参宮橋と神宮前に部屋を持っている村ヒョゲ滝麻という俺の知り人の、神宮前の方の部屋に行って電話を待った。

「なーんでまたこっち来んだよ」と問う村ヒョゲに、「実は、こうこうこうこうこういう訳よ」と説明すると、村ヒョゲは、ああ、そうなんだ、ってまったく気のない調子で言い、まあ、勝手に使ってよ、と言って参宮橋の部屋に帰っていった。

俺はすぐ電話がかかってくると思っていたが、なかなか電話がかかってこなかった。未無と俺は待っている間、村ヒョゲの話をしていた。

部屋は九拾平方米の１ＬＤＫで、古いが設備や内装も豪華で、場所も都心の一等地となれば、まあ、高級マンションの部類。しかも、もう一部屋を持っているということは、相当の所得があるということだけれども、村ヒョゲの見た目、いたって頼りがなく、どうみてもやり手にはみえず、どちらかと言うと盆暗《ぼんくら》、いったいどういうことなのだろうか、というと部屋は水産加工業を営む親の持ち物であり、次男である村ヒョゲは大学卒業後、大手電子機器メーカーに就職、営業部に配属されて当初は張り切っていたものの、なぜか上司に嫌われ、連日の叱責・罵倒、同期の奴らが颯爽《さつそう》と外出していくのを見送る自分の仕事は便所掃除という立場に嫌気がさし、三週間で辞表を提出、辞表を提出するときは、あのむかつく上司に気の利いた啖呵《たんか》を切ってやろう、と思っていたが、いざそのときになると、頭が、カー、となって言葉が出てこず、辞表と書いた紙を弄びながらニヤニヤしている上司に、どうもお世話になりました、とモゴモゴ云って退出してそれきり、その後は、子供の頃から祖父の収集品をみていたせいで身に付いた鑑定眼を生かし、やきものの鑑定、売買で、同年代のサラリーマンを凌ぐ収入を得て、へらへらな人格を温存、こっちの世界で楽をして生きてるのである。

そんなことで俺と未無は、電話を待ったが、かかってこない。そのまま、夜になって深夜になって朝になってしまった。

そこで翌日は、なぜか部屋にあったコンガを叩いて遊んだ。俺がコンガを叩き、未無が歌ったのである。

そんなことをしていると、午頃、玄関の方でガシャガシャ音がしたと思ったら、村ヒョゲが入ってきて、遊んでいた俺たちに、「お姫、じゃない、失礼、お午、いきませんか」と不機嫌な口調で云ったので、近隣の安っぽい店に行き、村ヒョゲは、紅色が表面を覆っている一品料理、俺はローリングした感じの定食、未無はさざ波のような皿盛料理を胃のなかに送っていった。静かな午後だった。外に出ると頭のなかに睡蓮《すいれん》の花が咲いているような人々が行き交っていた。真っ青な顔の、痩せて背の高い若い男が、自分の名前を書いたプラカードを掲げて坂道を上ったり降りたりしていた。

それでまた部屋に戻って、七〇年代六〇年代の歌謡曲を聴いた。それでも電話がかかってこない。仕方がないので、冷奴が歌を歌っている、ヤゴの軍隊が軍事パレードをやっている、それを粘土の司令官が閲兵しているという状況をコミカルに演じる、みたいなことまでしたのにまだ電話がかかってこない。

未無はゲラゲラ笑っていたが、俺は次第に腹が立ってきて、こんなだったらいっそのこと跛者になってやろう、と思い、キッチンにあった、柄と刃の部分が一体化して、柄の部分に渋い黒丸のある、いかにも切れそうな西洋包丁を持ってきてアキレス腱にあてがい、「主よ、主よ。アッバッ。俺がこれをやるということが何十倍にもなって紆田両奴に還っていくことをお赦《ゆる》しください。流出する血はすべてあなたのものです。もっともそんな穢いものを捧げるっつわれても困るだろうけれども」と祈った、まさにそのときである。毛足の長い絨毯《じゅうたん》のその毛足に埋もれていた、未無の電話が、ふぁきゃきゃきゃ、ふぁきゃきゃきゃきゃきゃ、ふぁきゃきゃきゃきゃきゃ、ふぁきゃきゃきゃきゃきゃ、と震えた。

ははははは。莫迦である。と、俺は思った。なんと自制心のない奴であろう。と、俺も思った。そのふたつの俺はひとつの俺である。思考における二股はひとりの人間を複数の人間にする。その好例がエグザイルだ。というような俺の意見なんぞ、どうでもよいが、そうした談論をするくらいに俺は愉快だった、なぜなら。

俺の筋書き通りに気色よくことが運んだからである、未無は。

紅田両奴と会った。紅田は待ち合わせ場所として、渋谷のホテルを指定してきた。時間はその日の午後八時であった。色と欲のふたり連れである。

ホテルのロビーは極度に広く、広過ぎて寂しい感じだった。荒野のようなロビーだった。天井は極度に吹抜け、遥かな高みから光が降り注いでいた。ロビーの人々は黒い穴のようで、未無ひとりが色彩に染まっていた。俺は、ベテランがポップにしている、鶴が忘恩している、パラボラアンテナが邪悪な波動を受信している、みたいなことは目立つからいっさいしないで周囲に溶け込む感じで、少し離れたところから様子を窺っていた。暫くすると、青デニム、白スニーカー、黒ティーシャーツ、白麻上着を着用に及んだ紅田両奴がひよこひよこ歩いてきて未無に近づいていった。

未無のバッグにワイアレスマイクが取付けてある。なにを云うかな、と思ってイヤホンを付けると、紅田は低くくぐもった声で、「やあ、どうも」と云い、未無が黙っていると、じゃあ、参りましょう、と云って昇降機の方に歩き始めた。

　未無を四十四階の飲み屋に連れていった紀田はワインを飲みながら未無にいろんなことを言っていた。最初のうちは未無が書いて送ったということになっている短歌の間違った感想をぼそぼそ述べていたのが、酔いが回るにつれ次第に雄弁になり、話はあちこちに飛躍した。それらを要約すると、自分は優れた文学者であり、友人も立派な人間ばかりで収入も多く、見識も高いので、君はあらゆる点で自分を見習い、自分に従った方がよい。そうすれば、いろんな人を紹介することもでき、君の才能を伸ばすことができる、ということであった。それを紀田は、「こないだ、〇〇さんに会ったんだけどね」とか、「こないだの僕の仕事が〇〇に載ってね」とか、「こないだテレビ局の廊下で〇〇とすれ違ってね」とか、「こないだオランダ政府に招かれて祖師ヶ谷大蔵にいったらね」なんて、いろんな表現で云ったのだった。

　それに対して未無は、「すごーい」「え、マジですか」「うれしー」を機械的に繰り返していて、俺は、もっと真面目にやれ、と思ったが、自分語りに夢中な紀田はそうして未無が気のない返事をしているのに気がつかず、というか、その気のない返事を額面通りに受け止め、未無が自分を信頼し始めていると勘違い、次第に油断をし始め、ついにもうひとつの用件、すなわち、奔、に載った文章のことについて気楽な感じで話し始めた。紀田は、「ああ、後、最初に言った君の短歌ね、あれは素晴らしかったんだけどね、実は僕はあれも含めて僕の創作ということで編輯者に渡したんでね、多分、読者もそう思ってると思うし、あれは僕が作った、ということにしておいてくださいね」と言った。

実に身勝手な言い分で、俺は未無が、「えええええっ」と云ってショックを受けた振りをすると思った。ところが、なにを人の話を聞いているのだろうか、未無は、このタイミングで、「うれしー」と弾んだ声で言った。続けて未無は、そういう形で自分の書いたものがあなたの作品の一部になるのは光栄、みたいなことまで言った。

俺は、そんなことを云ったら紐田の無断引用を許したことになり、そうしたらこの先、紐田を脅していくことができなくなるじゃないか、頭脳を破壊することができなくなるじゃないか、と思い、もう口惜しくって口惜しくって、手に持っているグラスを握力の力で握り割って、割れたガラスで掌を切り、鮮血を迸《ほとばし》らせ、その鮮血の迸る手で寿司を握り、真面目で冷静な声で、「へい。お待ち。血の握りです」と言って配って歩きたいような気持ちにはなった。

しかしそれをするとすべてが打ち壊しになるのでしないで我慢をしていると予想外の方向に事態が動いた。

相手が自分のファンであると言ったことで、そもそも油断していた紐田両奴が、その未無の一言でますます油断をし、そもそもそんなことを考えていたのか、それともそのとき思いついたのか、油断の極北、まあ、いずれそんなことを言うかも知れないとは思っていたが、まさかこんなにあっさりと言うとは思わなかった一言、すなわち、「ふたりきりになれるところへ行って話しませんか」と言ったのである。すごーい。と俺は呟いた。未無は、「え、マジですか」と言った。

「マジマジ」

「うれしー」

話が決まるなり、紀田はボイを呼び勘定を払った。俺も慌ててボイを呼んで勘定を払い、ふたりの後を追い、同じエレベーターに乗り込んだ。

黙りこくって一階、荒野のロビーの真ん中で未無は立ち止まって言った。

「どこに行くんですか」

「ふたりきりになれるところです」

と、紀田がへらへらして言うのはおそらくは円山町とかのラブホテルに連れていこうとしているのだろう。そういう下心があるのであれば、せめてこのホテルの部屋くらいとっとけ、と俺は思っていた。しかし、それならそれでやりようはある。いきなさい。円山町。そう思っていると未無が、よかったら、私の部屋に来ませんか、と言った。今度は紀田が、「え、マジですか」と言い、未無が、「マジマジ」と言った。俺は、そのことが単純に。うれしい。なぜなら。仕事がやりやすい。からである。

村ヒョゲの部屋に先回りして、携帯電話というのも各社鎬《しのぎ》を削っていて、デザインも多様だが、俺は団子型の携帯電話ができないものか、と思った。粘土のようなものでできていて、団子のように丸めることもできるし、固定電話の受話器のような形にすることもできる。パソコンに摺《す》り込んでデータを共有できる。また、携帯したいときは、パソコンから抉《えぐ》りとって持ち歩くのである。その場合はパソコンも粘土のようなものでできている必要があるが。そう考えて、そんなものができるわけがない、という考えと、いや、いまある現実に縛られていては新しいものは生み出せない、という考えを竜虎、頭のなかで闘わせていると、突然、頭のなかに隆子という見知らぬ女が現れて、すべてを台無しにしてしまおうかな、なんて呟いている。撲殺しようかな、と思っていると、ようやっと、未無と紲田両奴が村ヒョゲの部屋に入ってきた。なにをやらせても鈍臭い男なのかな、同時にホテルを出たのに。そう思いながら寝室に行き、イヤホンをはめると、「いっやー、なかなかいい部屋だね」という紲田の声が聞こえてきた。

と言いながら真に感嘆しているようでもなく、どちらかというと不審に感じている様子なのは、若い女の部屋にしては広く、また、豪華で、あちこちに高そうなやきものが飾ってあるのも若い女の部屋らしくないからだろう。もしかしたら自分の住まいより豪華で、そこのところに不満を感じているのかも知れない。

それにしても、ここまでくる間に、未無と紕田は随分と親しくなったらしく、俺にわからない話をしている、例えば、「そのヘルガンさんとはどういう風に話がついているの」と紕田が問い、「ヘルガンさんが人権局長と知り合いなので便宜を図ってくれる手はずになっているんです」という話はなんのことか俺にはまったくわからない、同じく、ソファーに座った紕田に飲み物を渡し、「これがさっき言ったものです」という未無に、「じゃあ、君が蘇我臣って名乗った理由ってのがこれなんだね」と、紕田が言うのもまったくわからない。いったい未無はどういう設定で話をしているのだろうか。

っていうか、未無は日々、どんな思想を持って生きているのだろうか。なにを考えて一日一日を暮らしているのだろうか。それが俺は単純にわからない。そんなわからなさが兵隊になれない男の単純な sentiment なのだろうか。とまれ、そうして、未無と紕田は、俺にはよくわからないことや、「胡瓜好きですか」「人参よりは好きですな」みたいなことを話していて、こいつは本当に物書きかと思うなどしつつ、なお様子を窺っていたら、やがて会話が途絶え、衣服が擦れるような音と、ドタバタする音が聞こえて、なるほど、酒も入っている糺田がいよいよ我慢できなくなり、押し倒しにかかったのだな、とわかった。

さてどうしようか。いずれ、タイミングを見計らって出ていかなければならないが、どのタイミングで出ていくべきか。あんまり遅くに出ていくと、未無がマジでやられてしまう。或いは、未無はそういうことを気にしない質なのだろうか。そんな気もする。その場合、後で、強姦された、と言って糺田を嫌な気持ちに追い込んで発狂させる。または、おそらく間違いなく未無に恋着・執着するであろう糺田に未無も、好きだ、とか、愛してるとか、虚偽を言い、糺田を本気にさせたうえで、未無が別の男の許に走り、糺田を嫉妬で狂わして頭脳を破壊する、ということもできる。ただし、これは時間がかかる。

未無がそれを本当に望まぬなら、さっき先に戻っているとメールを送ってあり、俺がこの部屋のどこかに潜んでいることを知っているはずなので、大声を上げるなりなんなりするだろう、そうしたら、出ていけばよいだけのことだ。政治家には国民目線で政治をやってもらいたい。というのはそれとは無関係だが、率直な俺の意見。

という訳で、割と遅めに出ていこうと心に決めていると、相変わらずドシンバタンという音がしていたが、やがて、パーン、とものの割れる音がして、それに続いて未無の悲鳴が聞こえた。

どうやら部屋のあちこちに飾ってある花活、茶碗、といったもののひとつが割れたようだった。

「あああ、どうしよう。どうしよう。ヤバいヤバい」

未無は頻りにそう言った。それに対して、紀田は大人の余裕を示して言った。

「大丈夫？　怪我はなかった？」

それに対して未無は、役者やのお、半泣きみたいな声で、「私は大丈夫、でもお茶碗が、マジ、ヤバい」と言った。

「茶碗を割ったのは悪かった。でも大丈夫、僕が間違いなく弁償するから」

「ああ、彼が帰ってきたら……、私、殺されるかも」

「彼？　彼って誰？」

「私の彼です。この部屋に置いてあるやきものはみんな彼の収集品なんです」

「ああ、そうなの」

そう言った紀田は混乱している風だった。

「そうなんです。そのなかでもこれは彼が特に大事にしていたお茶碗で……」

「なるほど。じゃあ、こういうことにしよう。その茶碗は、君が掃除かなんかをしていて割った、ということにしよう。にんげんだもの、失敗は必ずある。ましてや、君のような可愛い女の子のやったことだもの、彼だって許してくれるでしょう」

「でも、それにしてもこの茶碗は」

「高価だっていうんでしょう。でもきっと大丈夫ですよ。若いあなたには途轍《とてつ》もなく高く思えるものでも、僕らくらいの年代のものにとってはたいした金額じゃないんだよ」

「でも、彼はこれは凄く高い、っていつも言っていて」

「でもね、そんなムチャクチャに高いものはだいたい美術館の展示ケースのなかにあるか、個人の収蔵品でも箱に入れてしまってあるものなんですよ」

「でも、彼は、やきものが本当に好きで、いつも眺めていたいから、って、こうやって飾っておくんです」

「うん。そうか、でも大丈夫だよ、きっと。そんなことより……」

と、云って紕田が黙ったのは、背後から未無に近づいて首筋に唇を寄せ、乳を揉むなどしているのだろう。しかし、そんなことをされても未無は無反応で、「どうしよう、ヤバい」を繰り返しているのは、彼、なる男が絶対に許さない、と確信しているし、この茶碗を割ったのは取り返しのつかないことと紕田に思わせるための演技である。その演技に、ふと不安になったのだろう、紕田が言った。

「ところでさっき、彼が帰ってきたら、と言ってたけど、彼は旅行にでも行ってるの」

「いえ。行ってません」

「じゃあ、彼は今日、ここに帰ってくるの」

「はい」

「ああ、じゃあまでも、暫くは帰ってこない？」

「いえ。普段だったらもうとっくに帰ってる時間です」

「ああそうなの。そういうことだったら僕はもう、お暇《いとま》した方がいいんじゃないかな」

「いかないでください」

「なんで、彼が帰ってくるんでしょ」

「でも、私がお茶碗を割ったとわかったら彼にどんな目に遭わされるかわかりません」

「でも、僕がいると、話が余計にこじれるんじゃない」

「でも、割ったのはあなたじゃん」

「そうだけれども、そうすると僕はなぜここにいるのか、ということにどうしてもなってくる。そうすると僕は君に誘われた、と言わなくてはならないけれども」

「それは仕方ありません。でも彼はその茶碗を狂的に愛していました。私なんか比較にならないくらいに。っていうか、彼はもともとが凶暴な人なんです。人も何人も殺しています。彼は暴力団幹部です。そのお茶碗は二千五百万円したって言ってた」

「さいなら」

紀田がそう言ったので、俺はイヤホンを外してリビングに出ていった。

「待たんかい、待たんかい」

紀田と未無が同時に言った。

「なんなんなんなんなんだ、君は。っていうか、あの、すみません、お邪魔してます」

「村ヒョゲさん……」

村ヒョゲ？　なにを言っとるんだと思っていると、未無は続けて言った。

「村ヒョゲさん、なんでここにいるんですか。小角と約束してたんですか」

小角と約束していた。それでパキンと、脊髄から頭脳に氷が駆け上がるような感じで未無の言っていることが理解できた。つまり、未無は、彼＝小角、彼の友人＝村ヒョゲ＝俺、と設定したという訳だ。違ってたらごめんな。俺は話を調子を拍子を合わせた。

「うん。合わせていた。いや、違う、約束していた。いや、約束はしてない。たまたま寄っただけだ。まあ、待ちなさい。君は？」

「名乗るほどのものではありません」

「作家の紀田両奴さん」

「ああ」

「ご存知ですか」

「いや、知らない」

「いまのは完全に知ってる反応だ」

「いや、知らないいんだけれども、君は大変なことをしでかしたねぇ」

「そうですか」

「そうですねぇ。僕は小角と親友で、どれくらい親友かというと、ここの鍵を預かって自由に出入りするくらい親友なんだけれども、もう、あいつはやきもののこととなるともう、きちがいだからね。ね、そうだよね、未無ちゃん」

「きちがいです」

「だよね。まあ、それ以外のことについても大体、きちがいなんだけど、まあそういう僕も実際はきちがいみたいなものなんだけど。そうだよねよね、未無ちゃん」

「きちがいです」

「まあ、そんなことで、僕は隣の寝室で眠っていたんだけれどね、なんとなく頭のなかになんとなく喧しい、現実の炒め物のようなものが侵入してきて清眠が濁ってね、メダカや泥鰌《どじょう》が、田亀《たがめ》が繁殖して、たいへんな労苦さ。しかし、これっていうのは、知ってのとおり、『忠治山形屋乗り込み』の発端に似ているだろう。君を百姓だとすれば。儂が国定忠治だとすれば。ってことで話を聞くともなしに聞いたのだが、あれを、小角が珍宝として珍重しているあれを君は毀《こわ》してしまったのだねぇ。そのうえ未無をレイプしようとした」

「いえ、それは、まあ、誤解なんだけど、とにかく私はもう帰ります。仕事がありますので」

と、話を打ち切るように紙田は言った。

社会的な仮面を被り毅然として言えば相手は引き下がる。そんな紙田の浅い知が憎たらしく、俺は半分は意志して半分は意志しないで粗暴な振舞い、そのまま玄関の方に向かう紙田の襟首を摑み、「誰が行ってええ、ちゅうたんじゃ、どあほ」と、言って隠し持っていたラジオペンチで紙田の頭を殴った。

未無が叫んだ。

「乱暴はやって」

紙田はソファーとテーブルのすきまで苦しんでいた。その紙田に、「大丈夫ですか。お加減がお悪いのですか」と声を掛けたが、どうも失礼な人だ、ううつ、うううつ、と呻くばかりで返答をしない。自分の痛みの世界に没入して出てこないのだ。それこそを僕は自己愛と呼んでいる。そんな奴には普通の奴より少しだけ優しく接してあげないと駄目だ。

「君はいま頭の痛みに苦しんでいるのかも知れないが、そんなものはこれからの苦しみに比べたら練習のようなものだ。ウグイスの交尾のようなものだよ。でもね、僕は小角君の友人だけれどもね。ここは一応は法治国家だ。法の支配が生きている。俺や小角はその例外の小島の住人だ。いや、大島かな。そういう島から僕らは船を漕いでやってくる。君のもとに。怨霊を携えて。エンヤトットエンヤトット、と櫓《ろ》をこいで。その波の美しいこと。あんたにもいつかみせてあげたいよ。つか、みせてあげるよ。でもその大島はあくまで例外の大島である。そうだよな、未無」

「そうです。例外です」

「だよねー、つまり下手をすれば小角と雖《いえど》も自由に殺人ができる訳ではない。ましてや、君はなに、俺は知らんのだけど作家？　らしいじゃない。ということは私は知らないのだけれども、君を知っている人は多い訳だろう。違うか、未無ちゃん」

「多いです」

「ですよね。その作家ちゃんの君を殺したら騒ぎになる。騒ぎになると警察ちゃんが普通以上に捜査する。そうすると小角とか未無とかやっぱしどうしても容疑者ということになっていく。俺ちゃんはそれを避けたい。なので」

「どうすんの」

「俺はこいつを逃がそうと思うのだ」

「私はどうなるの」

「君も逃げた方がよいだろう」

「でも、私、いくところない」

「うん。それは俺がなんとかするよ、おい。君、大丈夫か」

紀田に言うと、紀田は俯いて額を押さえたまま言った。

「大丈夫です」

「だったら、立て。立ち上がれ。立ち上がって俺と一緒に来るんだ。早くしろ。そこいらに落ちてるタマネギも拾って」

「大丈夫です。私は家に帰ります」

「なにを言っとるんだ、箱。家に帰ったって小角が暴れ込んでくるだけじゃないか」

「でも、あんたらもばっくれるんでしょ。だったら僕がここに居たことが、その人にわかる訳ないじゃないですか」

紀田はようやっと立ち上がってそう言った。

「おまえの人相・風体は、そしてことによったら名前も経歴ももう小角に伝わってるよ」

「嘘だ」

「嘘じゃやねぇよ。あのなあ、おまえ、小角なめとったらあかんど。この部屋には合計十六台のカメラがあって、その映像は記録されてるし、小角の携帯電話に転送されてんだよ。そのシステムがその日に限りなんと九万八千六百円でご奉仕されたんだよ」

「ええええええ？　Really?　ムッチャ安いじゃん」

「マジだよ。でもそのことに驚くなよ」

「あのさあ、君さあ、それがわかっててなんで僕を部屋に誘ったんだよ。最初から、俺をはめようとおもっていたのか」

「ハメようと思っていたのはそっちじゃん」

「そうだけど」

「でも村ヒョゲさん、だったら大丈夫だよ。だってあっし、入ってきたとき電源落としたもん」

架空の設定になぜそんな無意味な反論をするのか。厳密な女だ。これはなんのエチュードなのか。そう思いながら俺は言った。

「ところが、寝室にもリモートコントロール式の電源スイッチがあるんだよ。これは主にエロ目的だがな。そのスイッチを俺は押したんだ」

「じゃあ、この会話も送信されてるのか」

「馬鹿か。そんなことをしたら俺が小角君に切害せられるじゃないか。ここに出てくる前に電源を落としたよ」

「じゃあ、カメラには……」

「君が未無に迫る様子と、その拍子に大事の茶碗が割れるところだけが呆れるほど克明に写ってるわ。君の身許は直ちにわかって、小角は君を急襲するだろうね」

「わかりました。でも、一応、今日のところは帰ります」

「君がそう言うのなら仕方ないが。でも、今日は取りあえず帰って、明日以降、暫くの間、どこかへ身を隠そうなんて思わないでくれよ。身を隠すんだったら、この足でお願いしますよ。小角は間違いなく今晩中に行くから。あと、身を隠すといってもホテルとか、知り合いの別荘とか、そういうのは駄目だよ。一瞬でみつかるから。みつかって殺されるから。あのなあ、一番、安全な方法を教えてやるよ。墨田区に行ってなあ、ホームレスになるといいよ。ただし、誰にも言ったら駄目だぞ。本当に、マジでホームレスとして、そうだな、五年生きろ。そしたらあのしゅうね深い小角、自分の腕を自分で噛んで蛇歯形をつけて、それをマヂックインキで陰気な感じに彩って、にやにや笑ってるみたいな小角も二十四時間、おまえのことを考えている、ということはなくなるかも知れない。なあ、未無。なくなるかもしれないよな」

「なくなりますね」

「わかりました。ありがとうございます」

「で、どうすんの」

「ええ、とりあえず今日は帰ります」

「馬鹿かっ、おまえは」

俺は怒鳴り、同時に紖田の腹にとびきり素敵な膝蹴りをお見舞いした。

「や、やめて……」

「なにが、やめて……、じゃ、ぼけ。おまえは処女か。あのなあ、あのさあ、俺はおまえが帰ったらどうなるかを呆れるほど克明に説明したよねぇ。してない？　した？　未無、どっち？」

「呆れるほど克明に説明してました」

「だよねー。にもかかわらず、おまえが帰る帰るっていうのはさあ、俺の説明を真剣に聞いていないっていうか、ははん、みたいに思ってる、っていうことだよね」

「そんなこと思ってません」

「思ってません？　なに、その言い方？　むっさ、腹立つんですけど。だって、だって、そうじゃん。そりゃあ、俺は別におまえを助けたいと思ってる訳じゃない。ともだち、かけがいのない友人である小角と、このスーパー可愛い未無を、ふたりながら助けたい、とそう思っているだけだ。でもそれは矛盾することだ。その矛盾の結節点におまえがいる。だからそれをおまえごと処理しようと思って、といってでもおまえはおまえで人間としてそれなりに生きてるのに、それを簡便に処理してしまうのは可哀想だから、できるだけおまえを助ける方向で説明責任を果たしてきたつもりなんだけれども、おまえはそれを無視して、その親切を蔑《ないがし》ろにして、帰る、帰る、の一点張りだ。じゃあ、僕はもうどうしたらいいんだろう。もうわからなくなるよ。そうだよね、未無ちゃん」

「ぜんぜん、わからなくなりますね」

「ほらみろ。未無ちゃんもいってるじゃないか。白ワンピで。おいつ、おまえ。黙ってるな、なんか、言え」

「ええ、そういうことも含めて、そして、僕が暴力を振るわれたことも含めて、僕はこれから対処していきたいと思います。っていうか、これってさあ、わかったよ。はっきり言って恐喝じゃん。もっと言うと美人局《つつもたせ》じゃん。おかしいよ。最初から、そういう風に仕組まれていたとしか考えられない。僕は殺される前に警察に行きますよ。っていうか、僕は殺されない。小角というのも恐らくはフィクションでしょう。だって、そうでしょう。君たちはカネが目当てなんだから」

「なるほど。そう思うんだったら思っていればいいよ。ただし」

「ただしなんだよ」

「さっき、俺はきちがいだって言ったよね。なあ、言ったよな」

「言いました」

「だしょ。おほほ。おほほほほほほほ。空の旅は片足の切断。ということを俺は三歳のときから理解してたんだよ、だからよ、おまえよ、てめぇよ、俺が腹立つということはある意味、小角が腹立つよりも恐ろしいことなんだよ。でも、俺は腹が立ってしまった。悲しいことだ」

「あの、気を悪くされたんだったら謝ります。すみません」

「うんにゃ。気はぜんぜん悪くない、ただ、帰る。こればっかり言うものだから」

「ええ」

「ええ、ってどういうつもりで言ってんのか知らんけどねぇ。おまえ、本当は家にさえ帰ればなんとかなると思ってるだろう。この場さえ逃れればなんとかなると思ってる。それが俺は本当に腹だたしいんだよ。そのうえ、カネ目当て、とか言われてぇ。だから、いまはもう別のことを考えていこうかな、って思ってる」

「どうするんですか」

「むしろ、俺がおまえを殺そうかな、と思ってるんだよ」

「脅迫ですか」

「うんにゃ。脅迫じゃない。本当に殺すんですよ。僕はそういうことに長けている。な、俺、長けてるよな？　そういうことに」

「すっげぇ長けてます」

「僕は脅迫には屈しない。帰る。そして警察に行ってすべてを話す」

「箱っ」

「根っ」

俺は怒鳴ってとびきり甘美なパンチを顎に食らわした。未無も叫んで、紕田の足にとびきりキュートなニーを炸裂させた。紕田の頭蓋にスパークするもの。それを愛するものは誰一人としていない。

「よかった。小角が料理好きでよかった。普通、男の一人暮らしだったら料理なんかしないから、ペラペラのクッキングナイフしかないんだけれども、小角は料理好きだから、出刃包丁も牛刀もある。未無君、ちょっとこの物件、見張っててくれる？　僕、キッチンに行って持ってくるから」

言って行きかけると、紕田が玄関の方にそろそろ這っていこうとする、戻って、あかんがれ、と、後頭部を軽く蹴ると、べしゃ、とその場につぶれ、暫くするとまた這っていこうとし、蹴られてまた潰れる。また、這っていく。

絶対無理なのに、なんとかして助かろうというその姿が浅ましくて俺は嫌な気持ちになったので、率直に、そのことを紆田に伝えた。したところ紆田は、「助けてください。お願いします」と言った。

「はあ？　いまなんと言ったのかな」

「たす、助けて」

「助けてほしいのか」

「はい」

「この苦境から逃れたいのか」

「はい」

「なんだ、そうなのか。ちょっとした行き違いがあったようだな。それだったら、僕、最初に言いましたよね。僕たちと一緒にくればいい、って」

「はい」

「それを家に帰る、なんてわざわざトラブルを大きくするようなことをするっていうから、僕、つい殺すところでしたよ。あなたは、僕たちと一緒に来て助かるか、ここでいま殺されるか、のどっちかしかないんですよ」

「はい」

「じゃあ、行きましょう。立てますか。何度も言うようですけれども、そこに落ちてるタマネギも拾って。大きいのも小さいのも。大丈夫ですね。じゃあ、行きましょう。早くしないと小角が帰ってきます。俺たちに隙があれば途中で隙をみて逃げてもいい訳ですし」

「はい」

「じゃあ、行きましょう。早く、行きましょう」

そんなことで俺たちは村ヒョゲの家を出た。もちろん俺たちに隙はない。明日もない。あるのはいまだけ。


あの長い橋を渡って戻ってきたこっち側、オフィス街の外れの広い広い草原のちょうど真ん中あたりに並んで建つ二軒のプレハブ小屋、その一軒に紙田を連れ込んだ。入ったところが三畳の土間、スチールのデスクと椅子、机上にスタンドライト、その奥に一段高くなった三畳の畳敷き、隅に夜具が丸めてあり、反対側の隅には小型テレビ、正面の棚には、桶、石鹸、殺虫剤、鍋、ガスコンロ、などの生活用具、棚板に打った釘からいくつも白い袋がぶらさがっている、先に入って椅子に腰掛け、きょろきょろしている紙田に、「さあ、おあがんなさい」と声を掛けたが、土間に立って上がろうとしない。

「なんで上がらないんですか」

「新さんはどうしたの。さっきまで一緒だったのに」

「隣の小屋に居ますよ。隣の小屋に居ますよ。隣の小屋に居ますよ。隣の小屋に居ますよ」

同じことを同じトーンで四回言う俺が死ぬほど気味悪いのだろう。紀田の頬肉が痙攣《けいれん》していた。

「とにかくおあがんなさいよ」

「いえ、ここでいいですよ」

「ああ。なるほど。わかった。ここでいいというのは、つまり、ここに長く居ない、ここはいったん入った仮の場所だから、ここで落ち着かなくてもよい、といっているのだな。君は新聞の集金人のような気持ちでいるのだ」

「そんなことないです」

「そんなことないです。すべての薬缶は挑発です。同じことだよ。つまりそんなことあるんだよ。立っていたいんだったらじゃあ立ってろよ。クソに目鼻。ロンブ」

罵倒したら紀田は反抗的な目つきになった。その反抗的な目が素敵だったので、俺は本当のことを言う気になった。花を輝かせて星を鶴張りにして。釣るゲムってなんか素敵だ。そのふたつの素敵の間を気分が急上昇していって。

「先生。もう撓れございませんでした。もう、崇めございませんでした。もう谷ルンペでございませんでした。お詫び申し上げます」

そう言って、俺は椅子から立ち上がって土下座。土間で土下座をした。冷飯草履を履いて土間で土下座をするということは一度やってみたいことだった。案の定、どうしてよいかわからず、紐田両奴はなにも言えないでいる。俺は続けて言う。続けて言葉を盆に盛ってへっぴり腰で目のうえに差しあげる。その姿はまるで茶坊主だ。

「はっきり申し上げましょう。いままで言っていたことは全部嘘です。未無はあなたのファンではないし、俺は村ヒョゲではなく、どちらかというと小角です。っていうか、はっきり小角です。あの短歌を拵《こしら》えたのは未無ではなく俺ですわ。俺があの短歌を拵えたのですわ。そして送った。そしたら、あなたはそれをご自身の作品にご使用なさった。それは別にいいのです。ただ、俺はそれに対して猛烈に憤った。なぜ憤ったかわかりますか。そうですよねぇ。わからないですやんねぇ。わかったらあんなもの書かないですよねぇ。あれはねぇ、先生。おい、箱。縄。パイプフィニシュ。聞いてんのか。こら。あれは僕の人生に対する冒瀆《ぼうとく》すよ。冒瀆冒瀆、椅子は冒瀆冒瀆。そんな文言がね、頭のなかで鳴り続けてとまらなくなってしまった人間の気持ちがあなたにわかりますか。豚の糞が頭脳に充満したみたいな気持ちになるんですよ。頭、ジンジンジンジン痛むし。だから僕は新未無さんのところに参上してお願いしたんですよ。未無さん。僕は、僕は、僕の魂の叫び、人生のすべてを賭けた作品を小説家に愚弄された。冒瀆された。口惜しくって口惜しくってならないんだよおう、そういって俺は遥か年下の未無の脚にとり縋《すが》ってオンオン泣いたわ。そして、未無、儂は君を愛してる、とも言った。そしたらね、なんていいコなんだろうか、未無はね、僕の頭を自分のすべらかな白い股に挟んで優しく撫でてくれたんですよ。それは凄いことだよ。見る人が見れば、僕が坂口安吾に、未無が小林秀雄にみえたかも知れぬけど、まあ、それはいいとして、未無は僕に言いましたよ。殺すんでしょ？　ってね。あたりまえだよね。君たちの業界ではどうだか知らないけれども、僕たちの世界では、そんなことをしたら当然、壊了されることになっている。でもね、僕は、っていうか、俺は、絶対に私ではない俺はね、あらゆる罠をしかけられてきたんですよ、これまで。普通に原宿歩いてたのに落し穴にはまったりして。だからもう絶対、普通に殺したらこっちが殺されるからね。だから、俺、未無にいったっけ、殺さねぇよ、だってそれって楽にしてやるだけじゃん。もっとじわじわ苦しめて、なるべく長く生かしてそれをエンジョイしたいよね。だって、俺たちが楽しまなければなにも始まらないでしょ、って。俺たちがエンジョイすることがまず第一でしょ、って。そしたら未無は、まず第一ですね、って言ったよ。だから僕はもう、その言葉にすっげぇ勇気もらって、こんなことをしたんだよ。おまえを葱で殴りたいような気持ちを常に心の中心に抱いて、その葱の臭みを、それは臭みじゃないでしょう、むしろ、それを臭いと思う消費者のほうがよっぽど臭いんとちゃうんけ、と思いながら！」

一息に言ううちになにか自分が本当にそう思っているような気持ちになってきて、そして、こんなアホ相手に一所懸命に話している自分がもの凄く可哀想な気持ちになってきて、涙がずくずくに流れた。

それが気色悪かったのであろうか、頬肉だけではなく、瞼や、唇も痙攣して、極度に緊張した様子の紕田両奴が言った。

「無断引用のことは、あの、本当に申し訳ないと思っています。申し訳ありませんでした」

「って、謝罪してんの？　テレビカメラもないのに」

「はい。本当にすみませんでした」

「申し訳がなく、すみません、つってんの？」

「はい。心よりお詫びします」

「ああ、それで？」

「はい?」

「はい、じゃなくそれからどうすんの?」

「どうすんの、と申しますと?」

「いや、すみません訳でしょ。ということはこれでは済まないということっしょ。申し訳がない、ということは弁解できない、ということっしょ。つうことは当然、その先があんじゃね?」

「というのは、つまり、お金、ということでしょうか」

と、紅田は、恐る恐る、みたいな感じの低い声で言った。言った。言った。俺は逝った。逝った。俺の意識が彼岸へ逝った。

気がつくと紅田が鼻血を垂らして土間に転がっていた。

俺は紅田の股間を足で押しながら言った。

「そういうことではない、ということをいつになったら、この愚劣な魂は理解するのかしら、っつうのは独り言じゃなくて、あのさあ、何回もおんなじこと言うてると思うにゃけどちゃうねん。俺はな、おまえ自身が、本当に心の底から、人の人生を玩弄して悪かった、と思って欲しい、それだけやねん。いつになったらそれがわかるのかなあ? 俺、いま、ごっつい徒労感、感じてんにゃけど、どうなん? って、訊いてるんだけど、なんとか言ったらどうなのかなあ。黙ってたらわからないよ。こっちは。ええ？　なに？」

「すみません」

「それはわかってるよ。その先の話だよ」

「それはもうお詫びするより他ないのですが、もし可能であれば、奔、で、あれは引用だった、ということを明らかにして、そのうえで、もしよろしければ、あなたの新作短歌を、奔、か、それが不調の場合は、短歌捻転、に掲載できるように私が頼んでみる、っていうことで許してもらえないでしょうか」

「そんなことができるのか」

「はい。どっちの雑誌も編集長とは長い付き合いですから」

「え、けどおかしいなあ。おめぇ、奔、の原稿で短歌捻転の人なんて一切、知らない、って書いてなかった？」

「そんなこと書いてましたっけ」

「書いてたよ」

「じゃあそれは創作上の綾というか、フィクションというか、つまり……」

「嘘、ってことか」

「そういうことになるのかも知れません」

「マジですか、じゃあ、よろしくお願いします……、って、俺が言うと思ってんのかよ、紙きれ。そういうことを言うことで君は君の存在のハードルを上げていってるよ。っていうか、俺の赤い殺意を盛り上げていってるよ。黒い極意でね。そうじゃない・そうじゃない・そうじゃない・そうじゃない。四度線と子午線の間の五線を駆け上がり駆け下りてめちゃくちゃなメロディ、アッパ、奏でようか。黙ってたらわからへんじゃないですか。なにかを仰ったらどうでしょうか。それとも睾丸潰しがお望み？　嫌だわ。そんな下劣な攻撃。私は目玉に木の枝を突きこみますわよ。よろしくって」

「いや、あの、それは、なんでも、なんでもします。仰る通りにします。なので、なので」

「なので、なんでしょうか」

「家に帰らせてください」

「だから、だめですよ。おまえ、自分がなにやったかわかってんのかよ。人の人生をムチャクチャにしたんですよ。ひとりの人間の人格を踏みにじって笑いものにしたんですよ。それもそれなりの覚悟があってやったんだったらいいですけどね、そういうことでもなくて、なんか締切がきたから、とりあえず渡した。ってなんですか、それは。適当の極致じゃないか。そして私がもっとも許せないのはね、殺すぞおまえおまえは一生うた詠むなっか一生口きくな自宅で猿とうどん茹でてろ、って、なんですか。はあ?　これ、誰に言ってんの?　俺に言ってんの?」

「いや、そういうことではないんですけど」

「じゃあ、この、殺すぞおまえ、のおまえってたれ?」

「それはですねぇ、作中人物で実在の人ではなく……」

「でも、それは俺の短歌を元にして作ったんだよなあ」

「ええ、ええ」

「そしたら、これどう考えても俺ってことになるよねぇ」

「まあ、そういう読みも可能です」

「もうムチャクチャやないか。人の作品を勝手に引用して、間違った解釈でせんど笑いもんにして、人格、潰しまくって、最後は、殺すぞ、かいな。歌詠むな、かいな。口きくな、かいな。猿とうどん茹でろ、かいな。あああ?　ああああああ?」

涙を流して叫びたずねをする。そしたら、紀田両奴が土下座をして言った。

「すみませんでした。申し訳ありませんでした」

「土下座。そんなものこっちがしてやるよ」

そう言って俺は土下座し、ふたりは相対して土下座をする恰好となった。ずっと額を地面にこすりつけていると、やがて紅田がゆっくり頭を上げたので俺も上げて、ふたりは土間に正座して向かい合う恰好になった。紅田が言った。

「あの、ではどうすれば許していただけるのでしょうか」

「俺の人格は叩き壊れてしまった。魂が壺漬けのようになってしまった。いったん皺皺になってくさいネバネバする汁に漬かってしまった魂はいくら揉み洗いしても元には戻らない。おまえは自分の怠惰と不注意のために取り返しのつかないことをしてしまったんだ。でも、俺は復讐はしない。卑劣な相手と同じことをしたらその卑劣な相手と同じレベルのガビビンちゃんとかになってしまうからな。かといって、おまえがなんの報いも受けないのも納得がいかない。そこで、おまえにはここであることをやって貰う」

「ここで?」

「そう。できるまでこの小屋で暮らすんだよ。心配するな。俺と未無も付き合ってあげるよ。俺と未無は隣の小屋に住む」

「あの、いったいどういうことをやればよいのでしょうか」

「ほほほほ。なんでもするといったのにな」

「はい、それはもうやらせていただくのですが、悪と闘え、といったような抽象的なことは実現性が薄いし、逆にパイプオルガンを製作しろ、とか言われてもそれはできない、ような気がいたしまして」

「心配しないでくださいよ。あなたにできないことをしろ、とは言いません。次のみっつのテーマからひとつをあなた自身で選んでください。一、短歌を作る。二、ラーメンと餃子の店を開店し人気店にする。三、暗殺。さあ、どれを選びますか」

「一」

「一、短歌を作る、ですね。おめでとうございます。じゃあ、早速、作っていただきますが、その前に詳しいルールをご説明します。俺は俺の短歌でおまえに潰された。その俺の潰れて腐ってしまった魂に響くような秀歌を作らなければならない。ただし、それだけじゃない。俺の魂に響いたうえで、さらに未無の魂にも響かなければならない。それができたらおまえは家に帰ることができます。俺と未無もな」

「わかりました。じゃあ、やらさせていただきます」

「ああ、やれ。では失礼します」

そう言って立ち上がった俺を紀田は座ったまま見上げて言った。

「あの……」

「なんでしょう」

「本当にここに泊まるんでしょうか」

「そうだよ」

「他の仕事はやってもいいんでしょうか。あと、一日かそれくらいだったらいいんですが、三日も四日も私が家に戻ってないとなると、それはそれで騒ぎになると思いますし、一応、いま継続して仕事をしている人とは連絡を取っておきたいんですけど」

「携帯、会社どこ」

「ドコモです」

「あ、ここドコモ入んないんだよ」

「あの、あなたは」

「俺、ａｕ」

「貸していただけませんでしょうか」

「いいけど。ａｕも圏外だよ。ソフトバンクモバイルも」

そう真実を述べると、紕田はしょんぼり俯いた。そして漸《ようや》く、ここで俺と未無の気に入る短歌を作る気になったと見えて、ややあって顔を上げると、「食事とかそういうのはどうなるのでしょうか」と、具体的なことを訊いてきた。

「それはこっちで用意する。近くにコンビニとかないからね。なんだったら一緒に食べよう。飯の時間は特に決まってないから、腹が減ったら隣に来てください。ああ、後、トイレはねぇ、この部屋にはなくて隣なんで使って下さい。鍵は常に開けておくので。紙とペンはその抽斗にほぼ無尽蔵に入ってます。布団はそれつかってください。茶なんかは、その棚にあるんで、電気ポットで湯を沸かして飲んでください。水は外に立水栓がおま。他に質問おまっか」

「おません」

呟くように紀田は云い、のろのろ立ち上がろうとして、よろめいて手をついた。長いこと正座をしていたため、足がべらべらになって、歩むことはおろか、ただ立っているのもままならぬのだ。アホな姿だ。

さて。どないさらしやがりやがるだろう。そう思って隣の小屋の、紀田の小屋と同じくらいの広さ、しかし、隣とは違ってがらんとして、正面に物置の扉のような扉ふたつ並ぶ、左はトイレ、だったら右は掃除道具等をしまっておく物置だろうと誰もが思うがそうでなく、開けると階段、これを下って地下室に入っていった。

ドアーをあけたところの二十畳ほどの部屋は地下室なのにバルコニーに続く大きな窓から光が差し込んで明るく、そして別に寝室・台所・浴室もあるというのは、村ヒョゲの部屋と同じくらいに広い。

その広い部屋の奥のソファーに未無、楽々と横たわって、壁際のテレビを眺めていた。画面には机に座り、なにか考える体の糺田、俺は未無に云った。

「聴いてましたか」

「聴いてました」

「この後、どうすると思う?」

「逃げんじゃね」

「俺もそう思う」

つってると、糺田、携帯電話を取り出し、画面表示を悲しそうに見つめて、すぐにこれをしまい、立ち上がって小屋を出ていった。

「莫迦だね」

「阿房だね」

「箱だね」

「もりそばだね」

俺と未無はそういって笑った。なぜなら、糺田はあの草地を通ってオフィス街にいたり、長い大きい橋を渡って向こうに戻ろうとしていたが、この世界の構造上、いったん通った道は通ったことによって変形するし、その変形の度合いやパターンは通る者によってその都度、異なって、今回なんかは草地を展開点として大きくねじれてしまっており、それが証拠に、たった三坪のプレハブ小屋の地下にこんな広い部屋がある、っていうか、ここはビルの八階で、階段に続くドアーと反対側の玄関のドアーから廊下に出ると町が広がっている、という風になってしまって、だからいくら草地をほっつき歩いてもオフィス街にも橋にもたどり着けぬのだ。そんなことも知らないで人との約束を破って草地を歩いているのがバカでなくてなんなのか。箱でなくてなんなのか。まったくもって教えて欲しいくらいのものだ。

「ライブカメラに切り替えてみよう。そして笑おう」

「ウィ」

未無がライブカメラに切り替えると、画面に草地を異様な速さで進んでいく紕田の姿が映った。ずんずんずんずん進んでいく。ずんずんずんずん進んでいく。方角はこっちであってるのだろうか。特に目印もなかったようだが。いや、あってる。あってるさ。自分を信じて頑張るしかないんだよ。自分を信じる。念ずれば叶う。俺には天の佑《たす》けがいつもあった。もう駄目だろうな、と思ったときもなぜか偶然が重なって乗り切れた。今回もきっと絶対に大丈夫だ。そういう楽天的な奴が結局勝ち残る。それが世間というところの不思議な特質なのだ。なんてなことを考えながら進んでいく。しかし、その速度が次第に落ちてくる。なぜならば、あれ？　と思うからだ。あれ？　こんなに歩いたっけ。オフィス街の外れがまるで遺棄された事業用地のような雑草が生えた空き地になっていて、それに草地が続いていたけれど、草地自体そんなに広い印象がなかったし、歩いたのもほんの四、五分だったはず。え？　もしかして方向違ってる？　と思うからである。

　そしてついに紘田は立ち止まった。

「立ち止まった立ち止まった」

「探してる、探してる。きょろきょろしてる」

「圧縮してる」

　紘田は立ち止まって暫くの間、四方を見渡している。

　おっかしいなあ、と思っているのは、オフィス街に聳《そび》えていた高層ビル群がどこにも見えないからである。よほど、間違った方向に歩いてきてしまったのだろうか。しかし、それにしてもあんな高層ビル群がみえなくなるほど、遠くまでくるはずがない、っていうか、この草地どんだけ広いんだ。見渡す限り草地で草と空以外なにもないじゃないか。どうなっているんだ。なんて思って、次第次第に不安な気持ちになってきたに違いない。

　なんて、見ていると、紘田は方角の見当をつけて歩き出す。しかし、行けども行けども草地、今度は、さっきの半分も行かないうちに立ち止まり、また、別の方向へ。そんなことを繰り返すうちに、立ち止まるまでの時間が、だんだんに短くなって、また、歩く速度も次第に速くなって、最後は全力で駆け出して、十メートルもいかぬうちに突き転んで草地に俯せに倒れ、そのまま動かなくなった。

その背中と肩が小刻みに動いている。

「はははははは」

「泣いてる、泣いてる」

「圧縮してる」

俺と末無はその様をみて暫くの間、笑っていたが、放っておいても、この後はもう多分、同じこと、すなわち、草地をムチャクチャに駆け回っては倒れる、ということを繰り返すばかりで、みていても退屈だし、また、それをあんまり繰り返させると発狂する恐れがあり、そうするとおもしろいというより鬱陶《うっとう》しいので、しょうがないから、ここらで小屋に戻すことにした。

俯せのまま歔欷《きょき》する紙田の身体が一瞬、ビク、と緊張して固まり、それから慌てて左手で腿の辺りを探る。

暫く探って紙田が取り出したのは携帯電話である。起き上がり立て膝の姿勢で発信者の番号を確認して電話を耳にあてがう。「もしもし?」と探るような、疑うような声なのは、その番号に心当たりがないからである。

「先生、勝手にうろうろしたら駄目じゃん」

「いや、あの、僕は」

「いくらうろうろしてもオフィス街にはたどり着けませんよ」

「いや、そうじゃなく、ちょっと散歩しようと思ったら道に迷ってしまって」

「そら、えらいことになりましたなあ」

「え?」

「その草地で道に迷うということはタクラマカン砂漠のど真ん中で道に迷ったのと同じことですよ」

「マジですか」

「マジですよ」

「どうすればいいんでしょうか」

「とにかく、お小屋に戻ってください」

「しかし、方角が分からない」

「やれやれ。手間のかかるセンコーやの。待ちゃ。いま、位置情報確認するから。あ。わかった。そのまま真っ直ぐ歩きなはれ」

「まっすぐといってどっちに向かって歩けばいいのかわからない」

「いま、あなたのドタマが向いてる方です」

といぅと、と云って紅田は立ち上がり、こっちですか、と云った。

「そうそう、そっちそっち」

「あの……、ここはいったい」

「うるさい。とにかく戻れ。じゃあな」

「あっ、あっ、切らないでください」

「やかましい。俺は悲しいんだ」

「あ、じゃあ、あの、わかんなくなったらこっちからかけていいですか」

「無理。そっちからはかけられない」

「あっ、あっ、あのちょっと」

「うるさい。さっさと小屋に戻れ」

一喝して電話を切ると、紅田は未練がましく携帯を弄くり、顔を近づけてディスプレー表示をみて、驚いたような顔をし、それからアホがアイドルのコンサートを見にいった、みたいな手つきで携帯電話をかざして、あちこちに向けた。時間の無駄なので俺はまた電話をかけた。

「はい」

「圏外だっつってるだろう」

「え、じゃあなんでいま」

「これは草地特有の特殊な涅槃《ねはん》物質を使った通信だよ」

「マジですか」

「マジです。っていうか、早く戻って短歌を作れ」

単簡に云って電話を切った。

小屋のカメラに切り替えると、すっかり疲れきった表情の紕田がちょうど入ってきた。机に向かって座り、ぼんやり携帯電話の画面を見つめていたかと思ったら、携帯を乱暴に置き、机に肘をついて両手で頭を抱えて、動かなくなった。

なんでこんなことになったのか。それぱかり考えているのだろう。それは、奔、にあんな文章を載せたからに決まっている。こんな簡単なことがこの男にはわからない。あの男にもわからない。向こうの縁のところで鯉をみている女にもわからない。スダチのおいしい季節になった。

こんなんでどうでしょうか。そう言って紕田が短歌を書いた紙をもってやってきたのは、おそらく、あの後、眠ってしまったのだろう、普通感覚に代入して云えば一夜明けて翌日の午前十時くらい、うえのプレハブ小屋にあがって、土俵入りの真似をしたり、土間をまざまざと見つめ自分がツグミになったときの感情を想起するなどしていると、もの凄く卑屈な、卑屈の塊のような、いやなヴァイブレーションを感じたので顔を上げると紙を持った紕田が立っていた。

そいで、じゃあ、下で読むよ。っていうか、お腹すきませんか。よかったら一緒に朝食を食べましょうよ、と言い下の部屋に紕田を連れていった。

紕田は驚くというより、いま、目の前にあるもの、自分の身の上に起きていることに対して、どう考えたらよいかわからず、途方に暮れているようだった。

入ってすぐのところに突っ立ったままの紕田にこちらを向いてダイニングテーブルに座っていた末無が、「おはようございます」と右側から挨拶をした。紕田は、小さな声で、「おはようございます」と挨拶を返した。俺は挨拶ってなんのためにするんだろう、と思った。同時に、グジ、という魚のことも考えた。黒目の表情の非常に印象的な魚。それが焼き物になり、白目になったとき、その白目も印象的なのである。

「さあ、奥へ通ればよいでしょう。私たちの朝食はもう届いているんだ。朝粥膳といって、粥、塩鮭、揚げ公魚《わかさぎ》の酢漬、里芋と揚豆腐の煮物、少量のピクルスという、ごく質素なものなんだけれども、よかったらさあ、一緒にどうぞ」

すすめられて紆田がダイニングテーブルにむかって歩き出した、そのとき未無が眉をひそめて言った。

「あら、困ったわ」

「どうしたんだい」

「朝粥膳が二人分しかないのよ。困ったわ。どうしましょう」

棒読みのような口調であった。面白いので俺も棒読みのような口調で言った。

「それは困ったことだねぇ。二人分しかないのに人間が三人いる訳か。これは厄介なことになった。私の分をさしあげてもよいがそれはかえって失礼に当たるし」

「そうだ。いいことを思いついたわ」

「なんだい」

「お待ちになって」

未無はそう言って立ち上がり、バルコニーに面した窓と反対側のキッチンにいき、フィルムに覆われた円筒形の紙カップを持って戻ってくると、それをテーブルのうえに置いて言った。

「おいしくカロリーコントロール。食物繊維混入、とろみ別添、一食あたり153kca

1、熱湯三分、朝かゆ、というのが、ございましたわ。糺田さんにはこれを召し上がっていただきましょうよ」
「それはよかった。ほっとした。さあ、じゃあ、始めよう。あ、そうだ。糺田君ね、熱湯はね、あっちで自分で沸かしてくれ。水は百度で沸騰するんだ。それが盲点だ」

俺たちはゆっくりと味わって、朝粥膳を食べ、糺田は、のろのろと、朝かゆ、を食べて、ほぼ、同時に食べ終わった。俺は糺田に言った。

「さ。それでは短歌を見せてくれ。粥を食った後で、ぐずぐず菓子食って、抹茶飲んでるなんて言うのは性にあわない」

「私もそう思います。さあ、さっさとその穢《けが》らわしい、朝かゆ、の空カップやら紙蓋やらフィルムをどけて、短歌原稿をそこに広げたら」

ふたりに言われて、糺田はテーブルに伏せて置いてあった紙をつまみ上げ、俺に渡したのだった。三首の歌が書いてあった。

俺は、うーん、と言って黙った。未無は、これかー、と言って黙った。糺田は、疑いと希望を混ぜ合わせたものに恐怖の粉を振りかけたみたいな顔で最初から黙っていた。

我慢できなくなって最初に口を開いたのは糺田だった。

「あのう、駄目なのでしょうか」

「駄目という訳ではない、駄目という訳ではないが……」

俺はそう言って立ち上がり、極端ながに股で、角力の、突っ張り、のようなことをしながら部屋の中央にずんずん進んでいき、ソファーに頭からダイブ、そして言った。

「駄目という訳ではないが、例えば、現金を欲しいと言ったきみの手に届けられたる安い素麺、という歌の、この意味がね、よくわからないんですよ。わからないよなあ、未無」

「まったくわからないですね」

「ほら、未無もそう言ってる。未無と僕は随分とかけ離れた人間だ。その二人が二人ながらわからないということは大多数の人がわからないということだよ。さあ、説明してくれ」

「あ、まあ、説明。あ、はい、じゃあ」

「立たなくていい」

「あ、すみません」

「と言って座らなくていい、といってまた立たなくてもいい。ああ、苛々《いらいら》するなあ。殺そうかな。殺したいよね、こいつ」

「殺したいですね」

「すみません、あのあの、これはですねぇ」

「ハハン？」

「つまり、男がいたんですね。その男は、ときどき人からものを貰《もら》ってたんです」

「誰に」

「それは、つまり仕事上の付き合いのある人とかです」

「それは、その男が貧しくて人が哀れに思って恵んでやっていた、ということか」

「いや、そうではなく義理というか儀礼というか」

「中元とか歳暮っつうこと」

「そうそうそうそう。まさにそうです。その男はでも常々、言っていた訳です。こういうものを呉《く》れるんだったらカネで欲しいよな、って。その男の下に安い素麺が届いた、ということを詠んだ歌です」

「なるほど。わかってみると、まったくおもしろくないな。だってそうじゃん。品性の卑しい男に安い素麺が届いた、と言われても別にその男に共感することもないし、同情することもないし、ふーん、まあ、そんなもんだよ、って思うだけじゃん。アウツ。未無は？」

「アウツですね」

「じゃあ、次、いこう。ええっ、国民の理解得られた夕方にほぼ固まった国の政策、ってなんすか？　これ？」

「これはあのう、駄目でしょうか？」

「駄目ってことはない、駄目ってことはないが、もちろんこの歌には、国民の支持を得て国の政策が固まった、ということ以外に、それによって暗示されるなにかがあるはずなんだが、僕にはどうしてもそれが読めないんだよ。未無さんはどう？」

「ちっとも読めませんね」

「そこを説明してほしいんだよ。どうなの？　実際のとこ」

「そ、それは、あのそういったものはなくて、ただ、その状況をうたったものなんです」

「えええええええっ。Really?　ほんとに？　それだけ？　ああ、驚いた。ああ、びっくりした。未無やんは？」

「げっさ、びっくりしたっちゅうねん」

「ということはもう圧倒的に駄目だ、ということになる。そこまで駄目なものがこの地球上にあったという驚きをみんなでシェアーしたい。ということでアウツ。未無は？」

「私も、アウツ」

「ははは。がっくりきちゃったね。でもまだ、もう一首ある。ええ、十七歳の塗装工の少年が父に頼まれ父を殺《あや》める。つんだけど、これは、もうまったくもって、はっきり言って、もう、なんのことかさっぱりわからないんですよ。なんなんですか、これは」

「それはあの、その通りの意味なんですけど」

「それ、俺、思うんだけど、十七歳の塗装工が父親に頼まれて父親を殺す、って、それかなり悲惨な状況だよね。普通に考えて」

「はい」

「それをなんで歌にしたの？」

「それはあの、そういうことが、あの、あることも、まあ、あの、世の中にはあるっていうか、自分、そういう事件をニュースで知って、それで、ああそういうこともあんのか、って思って」

「それってさあ、すっげぇ腹立つんだけど、俺の人生をそのまま都合よく使ったのとどこが違うのかなあ。なんのためにおまえいまここにいんの？　って思って殺したくなるよ。だから、アウツ。未無君は？」

「マジでアウツですね」

「そういう訳でアウツだ。次を早く持ってきて」

と言うと、紀田は暫《しばら》くの間、俯いて短歌を書いた紙を細かく折り畳むなどしていじいじしていたがやがて顔をあげて言った。

「わかりました。あの、それで、あの、ひとつだけ訊いていいですか」

「どんぞ」

「お二人はどんな短歌がお好きなんですか」

「ああ、好きな短歌ですか。ああ、僕は、もう一言で言うと、情熱、かな。な、未無、俺、情熱だよな」

「情熱です」

「だよねー。俺は、そういう情熱的な、国民の合意、とかそういうのではなく、個人の情熱、または意味がまったく逆かも知れないけれども、熱情？　そういったものが感じられる歌が好きなんだよ」

「ああ、ああ、わかりました。あの、新さんは？」

「私は根底に木の枝が流れ、中層でコンクリートがひび割れ、上辺には葱が散っているようなそんな歌、と言ってわかりにくければ、親子丼、ではけっしてなく、他人丼のような歌しか認めたくない、二物三物四物五物が衝突して、それぞれ四分五裂、粉山椒のようになりながら、けっして、ひつまぶしのような単純なものではない、というそういう味わいを私は求めているのです」

「ははは。夜な夜な出会いを求めて繁華街を彷徨する未無らしい複雑な要求だな。とまれ、紀田先生、そういう訳でよろしく頼みますよ」

テーブルに肩を落として座っている紀田のところまで歩いていき、そう言って、紀田の肩を拳を固めて何度も殴った。紀田は眉間に皺を寄せてこれに耐えていた。

紀田が小屋に戻った後、未無は街へ買い物に出掛け、俺は、ポニへという新規軸について、そしてそれよりなにより、人と人との信義について、ぼんやりと思いを巡らせた。バルコニーに面した窓から柔らかい光の差し込む平和な午後だった。


夕方。の頃合い。未無もなかなか帰ってこないので、ソファーに座ってテレビ画面を眺めていると、机の前に座りなにか書いていた紀田が立ち上がったので、ソースを切り替え、ぽほほ、ヤッコ、来るな。と思うたら、案の定、階段口の扉をノックする音が聞こえたので、ドアーを開けると、幽鬼のごとき紀田、立っていた。請じ入れ、短歌原稿でしょう。拝見いたしましょう、というと、はい、と、気のない感じで言い、「どうしたんだ、まだ、原稿ができてないのか」と訊くと、「原稿はできているが、とにかくなにか食べさせてもらえないか」と言う。

考えてみりゃあ、そりゃあ、そうだ。いちいちもっともだ。大の男が、朝に、153k

ｃａｌを摂取しただけで夜まで持つ訳がない。じゃあ、一緒になにか食べようか、という拍子の悪い、僕は街のレストランで午飯を食べてしまっていまは腹が減っていない。といって、ここにはキッチンはあるが、ここに本格に住んでいる訳ではないので、食材の買い置きはなく調味・調理はできず、また、今朝はたまたま即席粥があったが、それもたまたまあっただけで買い置きがある訳ではない。俺は困りつつ言った。

「それは困ったことだが、いまここに飯はない。デリとかをそう言ってあげてもよいが、いま未無がいないのでそれも叶わない。おおっと、いま露骨になんでだよ、っていう顔をしたね。理由を言おう。デリバリーの電話番号はすべて未無の電話にメモリーされているからだ。と言ったら、いま、慌ててポケットをまさぐったな。何度も言うようだけど、ここは圏外、涅槃通信だから、先生、おまえの電話は通じないよ。なので、とりあえず、短歌を拝読させてください。こんだ、向こうのソファー席でやりましょうや」

つって、ソファーに直角な感じで座り、テレビ画面でサッカー中継をやってるのをチラとみて、俺、二首の短歌のうち、一首目を、ざっ、と読んで言った。

「はっきり言っていいですか」

「お願いします」

「素晴らしいです。みえます？　いま、僕の手が震えているのが？　僕はかかる素晴らしい短歌、っていうか、こんな素晴らしい詩歌、っていうか、こんな素晴らしい文学に触れて、もうどうしていいのか、この感動をどう表現していいかわからなくなってるのです。こんな途轍もない作品を生み出す先生が僕の短歌を、僕の人生を蹂躙《じゅうりん》してくださったのはむしろ光栄です。先生っ」

そう言って俺はジーンズを脱ぎ、猿股も脱いで四つん這いになり、尻を紅田先生に向けてツンツン突き出して言った。

「先生。穢い尻ですが、どうぞ鶏姦してください。お願いします。僕に差し上げられるものはこんなものしかないのです。さあ、どうぞ。どうぞ」

「いや、僕はそういうことは……」

「いえいえ、ご遠慮なさらないで、どうぞどうぞ」

「いや、遠慮ではなくマジで」

「なにをくだらないことを言ってるんですか。さっさとやっちゃってください」

「いやー」

押し問答を繰り返しているところに紙の袋をぶる提げた未無が帰ってきて言った。

「なにやってんの」

「いや、先生の短歌があまりに素晴らしいものだから思わず鶏姦されたくなっちゃって」

「マジですか？」

「マジ」

「それは凄い。私も鶏姦されたいかも。みせてもらっていい？」

そう言ってミニスカートを穿いていた未無は、持っていた紙の袋をダイニングテーブルのうえに置き、パンツを脱ぎ捨てた。

「Of course you can.」

そう言って俺は四つん這いのまま、ソファーの前の卓のところまで行き、口で原稿を咥《くわ》え、ベッドルームの入り口近くに立っている未無のところに持っていって犬のようにお座りをした。未無はこれを受け取った。紀田はソファーで硬直している。

十二秒後。未無は、えええええええっ？　と言って、原稿を投げた。

「なにこれ？　うっぜぇ、バカじゃん」

「バカですか」

「バカです」

言いつつ、未無は脱ぎ捨てたパンツを拾い、穿いて言った。

「かつ。三度まで仏の顔を拝みながらフリーキックまたはずしたりけむ。だってよ、かっ。三度まで、かっ、つか、はは。三度まで、っていう三度はサンドウィッチと音程上の短三度、長三度、っていう音程が層になっているところを二重に表しているんでしょうけど、三度という限りは三重に表さないとダメよね。あと、仏の顔を拝みながら、って、仏、拝む、っていう流れが通俗的だわ。それでなに、フリーキックまたはずしたりけむ、矢沢詠嘆？　痴呆としかいいようないよね。それってさあ、その人はたまたまテレビでサッカーをみていただけで自分がフリーキックをやった訳じゃないでしょ。なのになんで恰《あたか》も自分がやったみたいに、或いは、そのやった人の内面を熟知しているがごとくに、外したりけむ、なんて偉そうに古い言葉で言うの？　バカとしか思えないですけど」

「ううむ。なるほど。それもひとつの見識だ。ＯＫ。俺は僕の意見をゴリ押しするつもりはさらさらない。こういうことは民主的に決めていかなければあきまへんよってにな。じゃあ、規約では俺と未無、ふたりながらよいと思わなければならない、ということになっているのでこの作品は」

「アウツ」

「箱」

「館」

「ということでダメになりました。ところで未無ちゃん、俺、そろそろ普通に人間らしく直立してもいいですか」

「どうぞ」

「オレガノ」

「じゃあ、そういうことで。お引き取りください」

未無がそういうと、紕田がおずおずと言った。

「あのお」

「まだなにか?」

「もう一首の方はどうでしょうか」

「もう一首? あ、そうでした、そうでした。あまりにも一首目が、素晴らしかったんで、忘れてました。猿股、穿いてもいいですか。すみません。じゃあ、未無さん、二首目を読んでみてください」

「はーい。では、読みます。戯れにきみを狙いし銃口のその奥にある遠い暗闇。うっ」

「どうしたんですか」

「いや、あまりの素晴らしさに感動して吐きそうになったんです」

「大丈夫?」

「大丈夫。っていうか、すごいじゃない。戯れに私を狙ったのよ。私に銃口を押し当てたのよ。その銃口の奥には暗闇があるのよ。その暗闇は遠いのよ。簡。そして、潔。過不足ない言葉が句になり、句が連関して歌になり、なった途端、瞬時に分裂して、私の神経に染み入ってくる。岩に染み入る蟬の声、じゃない。そんな甘いものじゃない。蟬そのものが目の前で岩にグングン染み入っていくような、そして、その岩の奥にある暗がりのような、そんなまっとうな感覚を日常の言葉で表わして、さりげなく私たち若者を励ましてくれる、勇気づけてくれると同時に世界が卒然と切り裂かれて、皮がツルンと剝けてなかからまっさらな世界が現れ続ける、更新され続ける、みたいなドシャメシャ感があるし、ブルージーでもあるし、私はこの歌に犯されました。いまの私は腑抜けも同然なり。どうか、そのまま銃弾をお放ちくださいませ。って感じ。小角はどう？」

「俺ですか。俺は申し訳ない、っていうか、申し訳なくない、こんなものはまったくいいと思わない。だってそうでしょう、まずおかしいと思うのは、戯れにきみを狙いし銃口、とか言ってるけど、なに言ってんだよ、危険じゃないか。もし、間違って発射してしまったらどうなるの。っていうと、俺はそんな莫迦じゃない、というかも知れないけれども、暴発、ってこともあるからね。そしたら、その、きみ、っていうのが恋人なのかなんなのか知らないけれども死んじゃうんだよ。そしたらどうやって責任とるの？　っていうか、責任とれるの？」

「とれないよね」

「でしょ。あと、もっというと、拳銃の所持は不法行為なんですよ。法律違反なんです。そんなの許されると思いますぅ？」

「絶対、無理っしょ。脱法ドラッグくらいだったらまだわかるけど、不法行為サイテー」

「だしょだしょ。よって、僕的にはこれはアウツ」

「あっしも最初はいいと思ったけれどやっぱアウツ」

「ってことで二首ともアウツです」

「shit です」

宣告されてた紅田の顔面が紅潮していた。目が膨れ上がってまん丸になった。両手両肩が小刻みに震えていた。頬肉が痙攣し、豚と目白の混淆物のような状態になっていた。ぴきい、と泣きそうだった。こんな風にモロに作品を批判された経験がないからであろう。おもしろい。おもしろい見学物だ。


「ところで、小角さま、そろそろおディナーにいたしませんこと。私、料理ということが根底的にできませんが、それをまったく恥じておりませんが、その事実に基づいて、いろいろ買ってきましたのよ」

郵便はがき

料金受取人払郵便

小石川支店承認

1239

差出有効期間
平成23年1月
25日まで

112-8731

東京都文京区音羽二丁目
十二番二十一号

講談社
文芸図書第二出版部　行

100周年記念出版

愛読者カード

今後の出版企画の参考にいたしたく存じます。ご記入の上
ご投函くださいますようお願いいたします。

お名前

この本を購入された
書店名

TY 000058-0901

この本の書名を
お書きください。

あなたの年齢　　　　歳　　　　　　　　　　性別　男・女

●この本を何でお知りになりましたか？

1　書店で実物を見て　　2　広告を見て（新聞・雑誌名　　　　　　　　）
3　書評・紹介記事を見て（新聞・雑誌名　　　　　　　）　4　友人・知人から
5　プレゼント　　6　その他（　　　　　　　　　　　）

●この本をお求めになったきっかけは？（○印はいくつでも可）

1　書名　　2　表紙　　3　内容紹介　　4　著者のファン　　5　帯のコピー
6　その他（　　　　　　　　　　　　　　）

●最近感動した本、面白かった本は？

●好きな作家・漫画家・アーティストを教えて下さい。

★この本についてお気づきの点、ご感想などを教えてください。

●ご感想・ご意見を広告やHP、本のPRに使わせていただいてもよろしいですか？

1　実名で可　　2　匿名で可　　3　不可

――ご協力ありがとうございました――

未無がそう申して、ダイニングテーブルに置いた紙の袋から、キッシュやパテやワインやパンやテリーヌや各種のチーズやサラダやらを取り出して並べた。

「いろいろ買ってきたんだなあ」

言った途端、未無が妙な、野太い声を出した。

「ああ、いろいろ買ってきた。米も買ってきた。玉子も買ってきた。かつぶしも買ってきた」

「なんだ、その声は。エクソシストか」

「虎造先生の清水次郎長傳のなかの『勝五郎の義心』の一節よ。わたし得意なの。ちょっとアレンジしてあるけどね」

「すごいね。普段の声は可愛いのにどっからそんな声が出るんだ」

「そのものになりきるのが私の特技なの。たちまちにしてできるのがお粥。達者なひとは御飯だが、患《わずら》っている人はお粥。食べたお粥のうまかったこと」

「まだ、やってやがらあ、って、ははは、俺まで虎造先生になっちゃったよ。さ、いつまで虎造節をやってたってしょうがねぇやな。みんなで御飯を食べましょう。お腹、ぺこぺこだよ。未無、ワイングラス持ってきて。ナイフとかも」

「ウィ」

そう言って未無が運んできたグラスやナイフやフォークが一人前足りない。俺は棒読みのような口調で未無に言った。

「未無。なにをやっているのだ。二人分しかないじゃないか。紅田先生の分は」

未無が棒読みのような口調で答えた。

「それが駄目なの」

「なんで駄目なの?」

「だって、私、さっき患っている人はお粥、って言っちゃったじゃない? 女がいったん口の外に出したことを覆《くつがえ》すなんて大変なことできないわ」

「ふたつ質問がある。ひとつは、女が口の外に出した言葉を覆す、と、どう大変なのだろうか。いまひとつは、紅田先生はどこを患っているのだろうか。という質問です。どうか、お答えになってください」

「はい。答えます。女がいったん言ったことを覆すと血を吐いて死にます。しかし、すべての女の人がそうなる訳ではありません。ある種の木の実を用いて作った饅頭を食べた女の人だけがそうなるのです。私は女学校に通っていた頃、意地悪な同級生に騙されてそれを食べました。めっちゃ、まずかったです。爾来《じらい》、私は多くの女の人が血を吐いて死ぬのを見てきました。私はああはなりたくありません。また、この紅田両奴が病んでいるのは明らかです。これまでこいつがやってきたこと、こいつが書いてきた穢れた短歌をみれば明白です。そうは思いませんか、小角ちゃん」

「その通りだと思います。でも」

「なんです」

「その口に出したことに沿うならば」

「沿うならば」

「患っているこいつに粥を与えなければならんが粥はないでしょう。米から煮ますか?」

「殺されたいのか。私は料理ができない、つってるだろう。あるよ、粥」

「また、カップのやつ?」

「うんにゃ。朝の残飯」

「あ、そりゃいいや。そうしよう」

「ってことで、紅田君、残飯ね、ごめんね」

なんついながら、僕らは兎肉や鴨肉や新鮮な野菜を食べ、まあまあいいワインを愉しんだ。紅田両奴は朝の残りの冷たい粥を木の匙《さじ》で掬《すく》って食べた。悲しみの塊がそこにあった。そういうことも彼の歌によい影響を与えると僕たちは信じたかった。

食べながら、あることを思い出したので、紅田君に言った。

「あ、そうだ。言うの忘れてたけど、規約ではエントリーできるのは六首だから、あと一首で終わりね。それで駄目だったら、もう短歌はダメだから」

聞くなり、紀田の匙を持つ手がとまった。「マジですか」と言った紀田の顔がどす黒く変色していた。

「マジです」

と言ったら紀田がぶち切れた。紀田は立ち上がって喚き散らした。

「なんで最初に言わない。っていうか、そういうことは最初に言わないと駄目だろう。最初からわかってれば俺はもっと考えて、もっといいのを書いたはずだ。なんなんだよ。そんなのありかよ」

「なにぶち切れてんのこのおっさん」

と未無が言った。

「知らない。知らないけれど、言い忘れることって誰だってあるよね」

「あるよ。絶対ある」

「ねぇよ。そんな大事なこと。つうか、俺は聞いてなかったんだから無効だ。俺はあと六首作る。絶対、作る」

「でも規約があるからねぇ」

「規約なんて知ったこっちゃないよ」

「そんなこと言ってもねぇ。こっちはあと一首しかみられないよ。規約に違反したら大変なことになるもの」

「関係ねぇよ」

「関係あるよ。大変なことになるのはあんたなんだもの」

「へ？　そうなの」

「そうだよ」

「どうなるんだろう」

「いまはいいたくない。食事中だし」

「マジ？」

「マジ」

「じゃあ、俺はどうすればいいんだよ」

「あと、一首、短歌作ればいいんだよ」

「マジかよ」

そう言って紀田は頭を抱えた。

「あれ？　粥食べないの？　腹、減ったっていってたじゃん」

「なんか、胃が痛くなってきた。戻ります」

「お大事に」

そう言って紕田を見送ったあと、俺たちは臍で茶を沸かした。


人間は考えすぎると縮小するのであろうか。脳から血が出るほど考えたのであろう紕田は翌日の朝、現れたとき、一回り縮小したようになっていた。目からも血が出ているようで目が赤くなっていた。多量の雲脂《ふけ》と垢が皮膚から滲み出ていた。全体的に汚らしく、奇妙な匂いが漂っていた。嫌な男だなあ。そう思ったのに、紕田はずんずんなかに入ってきて、ソファーに座って、テレビジョン、舌足らずに喋るのが売り物のコメンテーターの方が素晴らしい卓見を述べているのに聴き入っていたおれの前に立ってしまった。立ってしまったものはしょうがない。勃ってしまったものもしょうがない。俺は陰茎を揉みながら紕田に朝の挨拶をした。

「おはようございます」

「おはようございます」

「書いてきたの?」

「はい。お願いします」

「じゃあ、拝見しよう。めしてみ」

「はい。でも、あのう」

「なんじゃらほい。ヒューマンダストホイ。粉入りの犬。経済の雉。頭が洗濯板のようになった退役猿、って、それヘンリーミラーだっつの」

「いちおうあの、六首、作ってきたんですけど、そのなかで一首、いいのあったら、つうことでいいでしょうか」

「あかん」

「だめですか」

「規約がありますからね。規約はすべてに優先する」

「でも、僕、一枚の紙に六首書いたんですけど」

「じゃあ、これを出す、つうのに○つけといて。それ、読むから」

「でも、じゃあ、その隣のがすっごくいいと思われてもそれは無視するんですか」

「あたりまえじゃないの。オリンピックかってサッカーかってそやろ。代表選手の数は決まってんねん。この場合は六首。例外は一切、認めません」

「わかりました」

ぶるぶる震える紇田両奴。まるでコンニャクか発動機のようだった。推敲《すいこう》をげっさ重ねたのであろう、隠しから常に持ち歩いてるらしいボールポイントペンを取りいだして、意外にあっさりある一首に丸をつけ、僕にペーパーを渡した。

私はソファーに座ったまま、これを受け取り、そして、声に出してこれを読んだ。

「朝ぼらけだってよって嘲笑されて朗唱不能きみとペンネ食ったのも忘れてしまった。うっ、うううううっ」

「どうしたんですか」

「心臓が、心臓が痛い」

そう言って胸を押さえ、ソファーとテーブルの間に落下、海老がチャーハンのなかで苦しんでいるように苦しんでいるのを、紀田は黙って見下ろしている。無表情なのは、いまなら俺を殺して脱出できるかも知れないが、それをするのが得策かどうか考えているのだろう。

「心臓が痛い、ああ、痛い」

胸を掻きむしって苦しんでいると、紀田は俺をそのままにして玄関に向かった。

はははは、行ってまいよるのか。それもまた楽しからずや。そんなことを思ううち、ガチャガチャガチャ、鍵を開ける音がして、続いて、「あら、先生、おはようございます」と言う未無の声がして、俺は直ちに立ち上がって言った。

「先生、ひどいよ。人に感想を求めておいて、それを聞かないで自分はさくさと行っちまうってぇ法はねぇでげしょう。聞いてくだせぇましよ、あっしの拙ねぇ感想を。ひっひっひっひっ」

「はい、すみません。廊下の方で物音がしたもんで、なんだろうと思って」

「そりゃあ、要心なことだ。でも大丈夫ですよ。ここはセキュリティーがポンカンだから」

「なに、また、書いてきたの、このバカ」

「そうなんだよ」

「すごーい。読みたーい」

「まあ、待て。僕はね、いま一度読んでね、そのあまりの素晴らしさにハートを射抜かれちまってね、それで実際に心筋梗塞になってキリキリ舞いをしておったんだよ。もうちょっと、この素晴らしい作品を味わわせてくれよ。ええっと、朝ぼらけだってよって嘲笑されて朗唱不能きみとペンネ食ったのも忘れてしまった。ああああっ、ああああっ、いいっ、いいっ。いくー」

「ええっ、ひどーい。自分だけいっちゃって、ひどーい。私にもみせて、みせて」

未無はそう言ってぐしゃぐしゃになった紙をひったくった。

「なになに。朝ぼらけだってよって嘲笑されて朗唱不能きみとペンネ食ったのも忘れてしまった。うわあああああああ、なにこれ？　大傑作じゃん。普通に、夜明け前、って言わずに、朝ぼらけ、っていう言葉を使用したことによってこの人は全世界に笑われた訳でしょ。CBSNewsとかでも、顔面大写しにされて、パッキンのネーチャンに気取った英語で、日本のアホが朝ぼらけっていいました、みたいに言われて全世界の笑いものになった訳でしょ。滑稽な奴、と思われた訳でしょ。それで、もう歌えなくなっちゃった訳よ。歌うということは人間の元よね。囚人だって歌う。それができなくなった。って言ってる訳でしょ。そこには、人類の歴史的な悲しみが凝集しているし、同時に、いま現在、この国で生きづらい人たちの苦しみも壺漬にされてる訳でしょ。それってすごくない？　それでそのうえで、きみとペンネ食ったのも忘れてしまった、っていう日常的な感覚？　私たちが普段喋っているような言葉、一部の主義者が、口語的、と呼んでる言葉で、個、という小麦粉に接近することによって、二重にそれを表現してるのがマジ、すごい。やられる。つか、やられた。もちろん、そういうことやる人って、いま珍しくないけど、普通、そこで表現される個、って大体が強力粉じゃん？　せいぜいいっても中力粉、でも、これは違う。薄力粉なんだよ！　ってうん、だから、こういう短歌を読んだら私たち若者は、ああ、みんな同じ粉なんだ、って、うん。威張ってるオヤジ連中なんてただの箱なんだ、って、うん。私たちも生きていていいんだ。じゃなく、誇りをもって生きていけばいいんだ、って、うん。思わせてくれる優しさがこの短歌にはある、って思うんだよ、うん」

「じゃあ、あれか、この一首によって、糺田先生の罪は贖《あがな》われたってことになるのかな」

「だね」

「なるほど。じゃあ、先生、つうことで、お宅までお送りします」

と、俺が言った途端、糺田は緊張が一気に緩んだのであろう、脱力して座り込んだ。心配なんぞしないが一応、

「先生、大丈夫ですか。いま、クルマを手配しますけど、なんだったら少し休んでからお帰りになりますか」

と言うと、紃田さんは弾かれたように立ち上がり、「いえ、大丈夫です」と言った。

「じゃあ、ちょっと待ってくださいね。いま、クルマを呼びますから」「いえ、けっこうです。自分で拾います」「いやいや、いまの時間、なかなかタクシーいないんですよ」そんな押し問答を繰り返した挙げ句、やっと呼ぶことになり、「またなんかあったらよろしくお願いします」「いえいえこちらこそ」なんて挨拶をしているとき、自分で自分の乳を揉みしだいて悶《もだ》えながら短歌原稿を読んでいたはずの未無が突然のアラーティーな声で言った。

「ちょっと待って。まだ、電話しないで」

「どうしたの」

「これ、おかしい」

「なにが」

「何度も読んで、いいと思って、これがこんないいんだったら、他の歌もいいのかな、と思って他のをみたらどれもひどいのよ。ほら、みてみて」

「ほんとだ。酷い。酷すぎる。無惨というか、恥ずいというか、昨夜、遊んだソープ嬢と白昼、パチスロ屋で出会ったような、もろきゅうを頼んだのに胡瓜にもろみじゃなくて味噌が添えられていたような、本当の意味で鉄仮面をかぶったような、そんな気分だ。つらいし、かなしい」

「でしょ。これ読んじゃったら、この、朝ぼらけだってよ、を本当に評価しちゃってもいいのかなあ、って気になっちゃうのよ」

「でも、それはしょうがないよ。こいつが出したのはあくまでこの一首なんだから。規約なんだから。他のがどんなにひどくとも、どんなに辛く、悲しくとも、これはこれ単独で評価しなくてはならない。そう、思わない？　未無」

「単独で評価すべきですね」

「でしょ。じゃあ、僕、タクシー呼ぶね。あっ、でも、どうなんだろう」

「どうしたの」

「なんかまずいですか」

「うん。他の歌はいいんだけれどもね、直前の一首、朝ぼらけ勃然とある凶悪のその悪のため盆をどり、っていう愚劣な歌があるんだけど、もしかして、この、朝ぼらけだってよ、っていうのは、この朝ぼらけを受けたものかも、って思うんだけど、未無さん、どう思う?」

「完全に受けてますね」

「でしょ。だったとしたら、朝ぼらけだってよ、は単独で味わうものではなく、この朝ぼらけ勃然とある凶悪の、と合わせて味わうべきものなんじゃないかな、と思うんだ。二首でひとつの世界をあらわしているいる、つか」

「そうかも」

「だったとしたら、これ、どうなんだろう。合わせて読むと、魅力が半減、つか、ゼロになんねぇ?」

「だよね。その、勃然とある凶悪、とか意味わかんないし。むしろマイナス?」

「ですよね。その意味わかんない凶悪のため、なんで盆踊りやんなきゃいけない訳? いま、町内会とか、無関心な人が多くて、櫓《やぐら》とか組むのだって、いちいち業者に頼まないとできないって言うじゃない？　その費用やなんかも結局、月々の積み立てから出さなきゃいけない訳だしね」

「ほんとそう。そうやって人に迷惑かけてるってこと考えたことあんのかしら。こんな歌は私たち若者をちっとも励まさない。うんざりしちゃう」

「だよね。したがって、朝ぼらけだってよって嘲笑されて朗唱不能きみとペンネ食ったのも忘れてしまった、は、」

「アウツ」

「アウツ」

「箱」

「崎」

宣告されて紕田は、「マジですか」と言ってその場に座り込んで頭を抱えた。ぺしゃんこになってしまった。「あああ、一首だけ出せばよかった。ひょっとしたら合わせ技で受かるかな、とか、そんな心で六首、出したのが失敗だった。あああ、なんで、一首だけ出さなかったんだろう」

そんなことを声に出していうなどして紕田は詠嘆しきりであったが、「あっ」と叫んで立ち上がると、「チャーチャーチャーチャーチャー」と喚《わめ》きながら俺の方へ吶喊《とつかん》、目の前に仁王立ちになって言った。

「規約はどうなってるんですか、規約は。規約では六首で判断する、ってことになってるんでしょ。それをあなた方は七首で判断したじゃないですか。ダメじゃないですか」

「あ、ほんとだ。仰る通りだ。どうしよう、未無」

「規約なんて改正すりゃあ、いいじゃん。規約によると規約は理事会で改正できることになってんじゃん」

「あ、そうか。じゃあ、臨時理事会を開きましょう。はい、開きました。ただいまから第一回臨時理事会を開きます。小角、新の二名、すなわち理事全員が出席しておりますので議決は有効です。議長を選出します。この際、私、小角が議長を務めたいと思いますが、みなさんいかがでしょうか」

「異議なし」

「異議あり」

「理事でない方の発言は認めません。それではさっそく、規約改正の件について討議いたしたいと思います。現状の規約では、短歌で判断する場合、六首、ということになっておりますが、これを場合によっては七首とする、という付帯条項をつけることに賛成の方は挙手をお願いいたします。ありがとうございます。当、理事会は全会一致で規約の変更を認めました。これをもちまして散会いたします」

「ありがとうございました」

「ありがとうございました」

「ちょっと待ってくださいよ」

「って、ことで紅田君、君は短歌で俺の叩き壊れた魂を救済することに失敗した。となると、残された方法はふたつしかない、一、ラーメンと餃子の店を開店し人気店にする。二、暗殺。さあ、どっちを選びますか」

尋ねたところ紅田は黙って返事をしない。仕方がないので、ポニへという新規軸について考えるなどしていたところ、立ったまま、青馬みたいな顔で目から悲しみの小便を鮒《ふな》のように絞り出していた紅田は、

「どっちも、嫌だっ」

とおめいて、玄関の方へ走り出した。

俺にとって油断や怠《おこた》りという言語は存在しない。俺の辞書に油断という文字はなく、そもそも辞書そのものをいまは持っていない。

「未無つ、鎖鎌《くさりがま》」

「はいっ」

未無が素早く船簞笥《ふなだんす》から取り出して手渡す鎖鎌を構え、ぶんぶん振り回し、分銅側を投《とう》擲《てき》、鎖は糺田の足首に絡まりて、糺田、どうと倒れる、しゅらしゅらしゅらと駆け寄って、なんさらしとんじゃ、どあほ。一喝のうえ、二度と勝手な真似をせぬようにと、足首に鎌をば押し当てて音吐朗々、不具である一般的に不具である。心のぢごく麻のごくく、と唱えて、さくっ、真一文字に掻き切れば糺田、ぎゃあああああ、とおめきて失神せり。

「未無さん。傷口が化膿しないようにバンドエイドを貼っといたげて」

「ウィ」

手当も終わったので、糺田に、「さあ、一、ラーメンと餃子の店を開店し人気店にする。二、暗殺。どっちを選ぶんだ」と尋ねたが、糺田、痛い、痛い、と喚き、メソメソ泣くばかりで話にならないので、やむなく、未無の買ってきた、美味なる朝食を、美味求真、とか言いながら光の差し込むなかで食べた。食べながら未無が棒読みのような口調で言った。

「今日はちゃんと糺田先生の分も買ってきたのに、あの様子じゃ食べられないわね。せっかく買ってきてさしあげたのに残念だね」

「うん。ほんたうに残念だ」

口ではそう言いながら俺は燃え上がる朝日に心を奪われていた。いま、突然、未無の唇を奪ったら未無はなんというだろうか。そんなことすらわからないくらいに心の闇は深いし、その闇のなかには濃霧が立ちこめており、しかも一時間に一七〇粍という記録的な豪雨が一週間続いたためあちこちで土砂災害も起きている。政治家の人はそんな庶民の心のことを考えたことがあるのだろうか。とまれ、真心が大事だ。お互いに信じあう。そして楽しむ。汁を楽しむ。それさえあればくだらない駆け引きなんてどうでもいいじゃないか！

跛を引きながら紐田は部屋のなかを歩き回りながら喚き散らした。

俺と未無はその紐田を鋤焼《すきやき》を突つきながらニヤニヤ笑って眺めていた。

「俺、最初に言いましたよね。俺、最初に言いましたよねぇ。できることとできないことがあるって言いましたよね。絶対に無理だよ。絶対に無理だよ。絶対に無理だよ。ラーメンと餃子なんて、俺知らないもの。っていうか、俺、客商売ってやったことないんだよ。バイトすらしたことない。バイトは現場って決めてたんだよ。ギャラがよかったからね。あの頃は幸せだった。あの頃は幸せだった。あの頃は幸せだった。金はなかったけど、ラーメン屋やれとか言われないし、短歌作れとか言われないし、自由だった。なんの義務もなく責任もなく締切もなく、その日を暮らしていた。一日中、本を読んでいてもよかったし、公園や寺に行ってぶらぶらするとかしてた。気がついてなかったけど、俺はあの頃が一番、幸せだったんだ。それが、どうですか。いまは。こんな跛にされて、絶対にできない、無理なことやれって言われて。飯もろくに貰えない。なんで自分たちだけ鋤焼で俺はスパムなんですか。それもスパムを使った料理とかそういうことではなく、素スパム。缶一個、ほいっ、って渡されて胸悪いよ。えっ、えっ、えっ、もうなんか俺、どうしたらいいのかわからない。えっ、えっ、えっ」

なんつって紏田ついに泣き出して、ついに我慢できなくなって俺は言った。

「男だてら泣くな。みっともない。涙、拭け、こら。無理無理つって泣いてるけど、じゃあ、やらないで君、どうすんの？　一生あの小屋で暮らす訳。そしてここで俺たちに飯食わしてもらうつもりなの？　そんな惨めな恰好して、君、いいの？　君にはプライドはないの？」

「そんなことはない。俺は帰りたい」

「子供みたいなことを言うなよ。短歌はまるでダメ。ラーメン屋は嫌、でも家には帰りたいじゃや世の中、通らんよ。帰りたいんだったらやることやってくださいよ、先生。搾りかすのような日にちももう戻りがきかないんですよ。やれ。やるんだよ。先生。いいかげん腹括《くく》ったらどうだい。腹括って、餃子王、ラーメンキング目指せよ。あんたならきっとやれるよ。やれるさ。やれると信じてやるんだよ」

「けど、俺はラーメンなんて作ったことないんですよ」

「インスタントラーメンくらい作ったことがあるだろう」

「それはあるけどでも、インスタントラーメンと本格的なラーメンは違うでしょ」

「原理的には同じことだよ。スープ、麵、具、によって構成された同一カテゴリーに属するものだ。人間と猿ほどにも違わない。男と女ほどにも違わない。男とゲイほどにも違わない。日本人の男とロシア人ほどにも違わない。関西人と東北人ほどにも違わない。京都人と大阪人ほどにも違わない。せいぜい庄内の奴と園田の奴ほどの違いだよ」

「なにをいっているのか全然わからない」

「俺は一貫してひとつのことしか言ってないよ。それは、まあ、気にするな、ってことだ」

「気にするよ」

「とにかく四の五の言ってないでラーメン屋をやれ。おまえに残された道はそれしかない。な、ないよな？　未無」

「皆無といっても過言じゃないですね」

「ほらみろ、未無もそう言ってる」

「やれやれ。やれよ、猿野郎がよ」

「できねぇのかよ、インポ爺ぃ」

「ケツメドに半田鏝《はんだごて》ぶっこんでやろうか。熱いから気をつけてね」

「土間の猿に餌やらないでね」

「箱っ」

「寿司っ」

ふたりして散々に罵倒したら、紅田の唇、紫色に変色し、顔面は蒼白、でも突然、頬のあたりが紅潮したり、目の辺りがどす黒くなるなど色が変わるし、全身がぶるぶる震え、拳を握りしめて何事かに耐えるみたいな様子、涙もはらはら流れておもしろい。でも、それも罵倒の根底には愛が流れているのだろうか。蓋《けだ》し本人のためを思えばこそでないことだけは確かである。

そんな紅田であったが、それ以外に方途がないということを漸《ようや》く理解したのであろう、ぶるぶる震えながらではあったが言った。

「わかった。俺はラーメン屋をやる」

「やっとわかってくれんだね。ありがとう。感謝するね」

「やるけど、ひとつだけ訊いていいか」

「どうぞ」

「なんでお宅等は俺にラーメン屋をやらせたいんだ」

訊かれて俺はただちに答えた。

「情熱だよ。やむにやまれぬ情熱だよ。その情熱に突き動かされて俺たちは走ってんだよ。違いますか。未無さん」

「100パーセント情熱ですね」

答えを聞いて紀田はがっくり項垂《うなだ》れて暫くの間、肩と首をユラユラ揺らしていたが、やがて顔を上げて言った。

「で、やるけど、どこでやればいいんだ」

「そんなこと知るかよ。おまえが自分で考えろよ」

「え？　場所から探すんですか」

「あたりまえじゃん。おまえは商売をなめてんのかよ。はっ、しょせんは作家のお遊びか、穢らわしい。俺はむしろ夕陽を浴びていたくなった」

「じゃあ、あの、資金的なことはどうなるんでしょうか」

「知らん」

「じゃあ、無理じゃないですか。資金もない、場所もない、ノウハウもない、なんにもない」

「馬鹿野郎。俺たちの親やそのまた親はなあ、戦後のまったくなにもない灰燼《かいじん》のなかから立ち上がって今日の繁栄を築き上げたんだぞ。それを考えれば楽勝だろう。それに資金がない、つったって、おまえ財布持ってるだろう」

「そりゃあ、持ってるけど現金は五万も入っていない」

「銀行のカードがあれば銀行でキャッシュ引き出せんじゃん」

「引き出せるけど店一軒出すほど預金がある訳じゃない」

「店の一軒も出せねぇで女、口説いてんじゃねぇよ、箱」

「すみませんでした」

「それはいいんだけどさあ、そんだけありゃ、充分だよ」

「ええ？　無理でしょう」

「あのさあ、おまえ、店ってどういう店、イメージしてる？」

「どういう、って、別に普通の客席があって、カウンターがあって、厨房があって、みたいな」

「あほかっ。早くもいっぱしのオーナーシェフ気取りかっ。最初からそんな贅沢吐かしとってどないすんねん。最初はなあ、屋台から始めんねん、屋台から」

「あ、そういう手があったか」

「あるよ。ありすぎるよ」

「で、あの屋台というのはどこに行けば売ってるんでしょうか。いくらくらいするんでしょうか」

「僕は知らないなあ。先生、自分で行って探せばいいじゃないですか」

そう言うと紘田は驚いた風、

「え？　外に出ていいんですか」てって、

「外に出ないとラーメン屋できないでしょう。ここでやったってしょうがないんだから」って言われて急にそわそわ、「じゃあ、あのぼくちょっと、屋台売ってるとこ、探してきます」と、そう言って出ていった。未無はただちにリモートコントローラーを操作してテレビジョンの電源を投入する。

画面に映ったのは、この建物が面する片側二車線の道路のワンブロック先の交差点である。交差点には信号が明滅し、人とクルマが行き交っている。四つの角には構えの大きい、銀行、食料品店、カフェ、チョコレートショップ、それぞれ続く通りにも、レストラン、花屋、ギャラリー、ワインショップ、古美術店などが並んで素敵、行き交う人々も素敵、その交差点に西の方に行くのかな、だったらキャメラを切り替えんと行かぬがな、と思っていたら紏田、きょろきょろしながら跛引き引きやってきて、銀行の前に立った。正面の、いま赤の信号を渡った向こう側はカフェ、左手のいま青の信号を渡れば食料品店である。紏田先生、どうするかな、って、みていると、カフェの方へ行こうとしていると見えて信号待ち、その間もきょろきょろするのは街の風情が珍しいというよりは、ここがどこなのか、どこにつながる道なのかをなんとかして把握しようとしているって感じである。ほどなくして信号は青に、紏田、せかせかこれを渡ってカフェの、歩道にはみ出したチェアとテーブルの方に向かうのは、残飯食に飽きに飽いた紏田、未無が何度かテイクアウトしてきたキッシュ、俺らが見せびらかすのを羨ましく思っていたのか、信号渡り切って紏田、まっつぐにカフェの椅子の方に向かう、ところが。

いま将《まさ》に椅子にたどり着かんとしたとき紏田は、くるくるっ、と回転しつつ横に滑った。不可思議な現象に、?-?-?　ってなって紏田、再度、進もうとするのだけれども、その都度、くるくるしたり、スーパーマリオみたいなことになるなどして、進めない。いったいどうなっておるのだ、と四囲を見渡せば、余の人はすいすい歩いていくしやってくる、クルマも自在に通行している。なんで、なんで、なんで、なんで俺だけいけないの？

って、焦り、もともと、その見えぬ壁に両の手を押し付けてパントマイムみたいな恰好になったり、頬と口が膨らんで土偶か空気人形のような顔になったり、ついには体当たりをするなどしたが、先に進めず、いよいよダメとわかって、精も根も尽き果てた、という様子でその場にしゃがみ込んだ。

　天下の往来にしゃがみ込む、ということはどういうことか。人々の通行の邪魔になる、ということである。絶望するのもいいが、絶望するのだったらもっと端っこの、世間の邪魔のならないところで絶望すればいいじゃないか。それを、わざわざ、あんなみんなの邪魔になるところで絶望している。他に対する配慮のない人だな、どうも。つか、或いは、自分が絶望しているところを多くの人に見せつけたいのか。自己顕示欲？　露出狂？　わざわざそんなことをする意味が分からない。が、まあ、いずれにしてもしかし、人々の邪魔になっていることは間違いなく、早く自分が邪魔になっていることに気がつけよ、紕田。と、思いながら事の成り行きを注視していると、暫くの間、踞《うずくま》ってメソメソ泣いていたらしい紕田、弾かれたように立ち上がり、たまたま青だった信号を渡って、俺らのアパートの前の道路を横切って、チョコレートショップに向かって突進、さきほどと同様のくるくるを繰り返し、また食料品店、銀行の方にも渡って同じことをする。

　何度も何度も信号を渡って、左回りに銀行→カフェ→チョコレートショップ→食料品店、或いは右回りに、銀行↓食料品店↓チョコレートショップ↓カフェ、ってくるくる回り、回った先でまたくるくるする、紅田のその様はまるで、籠のなかでクルクルするハムスター、または頭クルクルの人のようで、未無はコンビニエンスストアーで買ってきたパフェを食しながら爆笑した。口の周りに生クリームがべしゃべしゃしていて汚らしかった。その未無が言った。

「そろそろ電話かけてやった方がいんじゃやね?」

「まあ、そうやけど、もうちょい待とか。あいつ多分、西の交差点でも同しことしょるやろ。やらすだけやらした方がええねん。その方が身に沁みて理解できるんだよ。僕はそれをベルリンで知った。多くの無理解のなかでね。あのときは辛かった」

「可哀想」

そう言って未無が俺の耳を舐めた。生クリームの甘い匂いがした。紅田、いつのまにか画面から消えた。


汗みずく、息を切らして、なぜか上着の袖が破れているという状態で戻ってきた紅田は、どうなっているのでしょうか、と、俺、世界で唯一無二、ナンバーワンよりオンリーワンの俺に問うた。俺はその質問の趣旨が、まったく理解できない、というのではない、例えば、霊的なパワーを秘めたクリスタルなのだけども、それに京都の蛸焼屋のおばちゃんが間違えて小便を垂らしてしまったのは残念ですよね、みたいな感じで、「なんの話どっしゃろ」と言った。その細心の演技にことさら意味はなかった。

「行けないんですよ」

「ああっ、ああああああっ、そのことかっ。そのことだったら竹村君が居ればよかったんだけど、たまたま、伯母さんの殯《もがり》で一年間、休んでるからねぇ。あの伯母さんは偉大な伯母さんだったなあ落として、っていうことじゃなく、なんだっけ。ああ、あの、東にワンブロック、西にワンブロック、それ以上、君が、君だけが進めない、っつうことか、それはね、ああ、僕がこんな説明しちゃっていいのかな、最近、発見された涅槃量子っていう物質があってね、っていうとむずかしく聞こえるかも知れないけれども、それらは僕らの身体のなかにあるごく自然な物質で、それは涅槃童子、ってそんなものはありゃしないんだよ、あくまでも民間習俗だよ、それが信仰、っていう祈り、っていう非常に厄介なものと存在と非存在として比喩的な意味で反応しちゃってね、それをまた行政が多目的ホールという名前の無目的ホールという空間に耐えられなくなって転用しちゃって、それはでも癲陽って感じで、交差点にごく僅かな牆壁《しょうへき》っていうのかな、涅槃量子による観音浸透現象が起こってしまって、いまは区役所も対応に苦慮しているところなんですよ。な、未無君。役所、苦慮してるよな」

「激烈に苦慮してますね」

「な。そういうことで、君が現状、いけるところは、東はあの交差点、西はあそこの、あそこ何あったかいな」

「ポルノショップ、風俗案内所、ラーメン屋、牛丼屋、かもじ屋、不動産屋、タバコ屋、パチンコ屋、カラオケ屋」

「あ、そうじゃった、そうじゃった。ありがと」

「you are」

「ってことで、紀田君。君は西にワンブロック、東にワンブロック。タクシーとかに乗っても駄目、っつう、その範囲内でラーメン屋を開業しややんとあかぬのだ」

言われた紀田、マジですか、と俯いたまま呟くように言った。世の中は粒の集まりだ。

やっぱ西にも必要だよね、といって取付けたライブカメラに映る紀田、交差点の角のパチンコ屋に入っていく。十分後、紀田は。がっくり肩を落として出てきたのは、勝つと思うな、思えば負けよ、ということ知らなかったのか、大敗したのだろう。しかし、それにつけても紀田のこのところの堕落ぶりたるや甚だしい。屋台を探しにいくとか、屋台を出せそうな場所を探しに行ってくるといっては、このようにパチンコをしたり、ハンバーガー店や牛丼店に入りごんで買い食いをしたり、おそらくスピッツのナンバーなどを熱唱しているのであろう、ひとりでカラオケ屋に行って二時間も出てこなかったりする。こんな調子じゃいつになったらラーメン店が開業できるか知れたものではなく、一回、半殺しにしようか、などと未無と話しつつ見ていると、紅田、急に棒立ちになり、両手で尻を押さえ、それから胸を叩き、腹を叩き、また尻を叩き、慌てたようにきょろきょろして、東の方へ駆け出さんとして立ち止まり、踵をひきもってパチンコ店に駆け込んで行った。「なにしてんだろうね」「ほんとだね」未無と云いあっていると、紅田、がっくり肩を落として出てきて、東の方へノロノロ歩き出した。

「莫迦だな。どこで盗られたんだ。屋台を探すといってパチンコかなんかに熱中していて掏《す》られたんじゃないのか」

しょんぼり帰ってきて崩れるようにダイニングテーブルの前の椅子に座り込んで財布を掏られたと訴える紅田に言うと、「いやいやいやいやいや。違います違います」と躍起になって否定する。白《しら》こい奴だ。

「それでこれからどうするの」

「はい。一刻も早くラーメン屋を開いてカネを稼ぎたいと思います」

なんて殊勝なことを言うのは、俺らに貰う飯ではなく、自分のカネで買い食いをしたり、パチンコをして遊びたいからであろう。しかし、そうやって人に頼らず自分で生きていくという姿勢はよいことだ。僕はそのための協力を惜しむ。僕は言った。

「それがいいだろう。このあたりに警察はないからな。じゃあ、とにかく早く開業しろ。今夜にでも開業しろ。もう一週間も出歩いているのだから場所の目星はついているんだろう」

「はい。銀行の前で夕方からやろうかな、と考えてます」

「すごいじゃん。そんな素敵な場所があったら最高じゃん。最高じゃん。最高じゃん。やれや。乳、吸えや。ラーメンの作り方とかも研究済みなんだろ」

「まあ、なんとなく、普通の醬油の感じでいこうかな、とは思っております」

「そこまで考えてるなんてもの凄い男だな。底知れぬパワーを持った業界の風雲児だよ。そう思わぬか、さっきから脇に立っている未無」

「完全に風雲児ですね」

「だよね。じゃあ、そういうことでちゃんとやってね。僕たちはこれから、いろんな意味でエステ行ってくるから」

「あ、あの……」

「まだ、なにか?」

「開業はしたいのですが、あの、お金がないんです。盗られてしまって」

「そうだってなあ。大変だったなあ。災難だったなあ」

「なので、あの、資金がないんですよ、そこであの、お金を少々貸していただけるとありがたいんですが」

「お金? だれが?」

「いや、あの、あなたが」

「僕が? なんで?」

「いや、なんていうか、最初からいろいろご相談に乗って戴いてるんで、お願いできないかと思いまして」

「相談に乗ったらお金出さなきゃいけないって決まってんの」

「いや、そういう訳ではないんだけど」

「じゃあ、僕、出さない。未無は?」

「出しませんね」

「つうわけで二人とも出さない。自分でなんとかしろ。ブタ野郎」

「ええ、マジですか」

「マジです」

「どうすればいいんだろう」

紀田は俯いて呟くようにそう言った。その姿は本当に途方に暮れたという感じで、人の心を打つものがあった。なので僕は、未無の背中をそっと押した。未無は僕の意図を察知して言った。

「紀田さん。元気を出して。開業するためにはなにが必要なの」

「調べたところ、とりあえずラーメン部門のみ先行するとして、屋台。鍋。プロパンガス。焜炉。ゴムホース。鰹節。煮干し。醬油。豚肉。鶏ガラ。生麵。割り箸。水。塩。胡椒。酒。唐辛子。葱。砂糖。丼鉢。ガラスコップ。幟旗。麵媽。鶏卵。海苔。酒。土生姜。大蒜。鳴戸巻。辣油なんかが最低限、必要です」

「なんだ。思ったより簡単じゃないの」

「どうすればいいのでしょうか」

問う紀田に未無は歩み寄り、その手を自分の手で包んで、顔を三センチくらいのところに近づけて言った。

「紀田君。勇気を出して。勇気を出すのよ、紀田君。世の中にはねぇ、窃盗という概念があるのよ。盗めばいいじゃない。幸い、銀行の前は食料品店。これは神様が紅田君に、ここで盗むといい、と言ってくれてるようなものよ。あなたは神に祝福された泥棒なのよ。それもバンチの！」

喋りながら未無は明らかに意図的に唾を飛ばしていた。しかし、材料や道具を盗んで揃えろ、と言われた紅田はそれに気がつかず、「ど、泥棒ですか」と言って狼狽している。その姿があまりにも可哀想だったので、俺は俺の背中をそっと押した。俺は俺の意図を察知して言った。

「新さんの言う通りだよ。盗めばいいんだよ。ひとりで盗みにくいんだったら、三人寄れば文殊の知恵、僕たちも手伝うよ。なあ、そうだろう？　未無」

そう言って紅田の脇に立っている未無の顔をみた瞬間、「やかましいやいっ」というおっさんの声が響いた。と同時に未無の左の手が伸びて、紅田両奴の胸倉ぁ、ぐっ、と摑んだ。摑まれた紅田、「なんですか、未無さん」という。返事をしないで未無、右の手で、びしいっ、横鉄砲を張った。

「痛っ。なにするんですか、未無さん」

「やかましいやい、この野郎てんだい。自慢じゃねぇが清水一家はな、どんなに困ったたって人のもの、塵《ちり》っぱ一本盗むんじゃねぇよ」

って、未無がまた次郎長傳をやっているのだ。これは僕の記憶では、『石松と勝五郎』のなかのフレーズだろう。いやあ、未無の広沢虎造節。美事なものだ。感服つかまつった。感服つかまつったが、困ったのは未無の理論に拠ると、女がいったん口にしたことを覆すと血を吐いて死ぬので、いま、自分たちは盗まない、と言った以上、僕らは紀田さんの盗みを手伝うことができない。そのあたり未無はどう考えているのだろうか。もしかしたら、未無のことだから前に言ったこととか忘れてるかな、と思って未無に、

「いま、言っちゃったから僕たち窃盗の手伝いできないね」

と言うと、案の定、未無が怪訝な顔で、「なんのことですか」と言うので、「いや、なんでもない、なんでもない」と言って誤魔化したら未無、「あっ、そうだった、そうだった。私が一回、虎造節で言ったことを覆すと途轍もない災厄が世界を見舞うんだった」と、言ったことを歪曲して思い出し、こういうときその誤りを正すと未無は、きまって胃腸の調子が悪くなり、それも可哀想なので、そのままにして俺は紀田に言った。

「そういう事情で申し訳ないが窃盗はひとりでやってくれ」

「ああ。なんでこんなことになったんだろう」

紀田はそう言って頭を抱えた。

私はそれこそが神に与えられた修行であると思う。それをきわめていけば次第に願いが

かなったり、人に思いやりが持てるようになってくる。人への思いやり。これが一番大事なことだ。人を思いやるということは自分を思いやるということにひとしい。柳ヶ瀬ブルースの歌詞にもそれは明らかなのだろう、きっと。紅田の莫迦はそんなことすらいまはわからない。

一週間後。やっと準備を整えた紅田氏は、目と鼻の先で盗んできた食材で作ったラーメンを商い、悪事露見するのを怖れ、東側の銀行の前ではなく、西側の交差点近く、潰れた金券ショップの前に店を出した。屋台は結局、入手できず、道に捨ててあった会議用テーブルを拾ってきてカウンターとなした。その向こう側に紅田氏が立ってラーメンを作るのである。プロパンガスや焜炉も入手できなかったため、パチンコ屋の隣の、雑物を並べて安売りしている、ファンシーショップという店からカセットコンロというのを盗んできて使った。紅田の行ける圏内に製麺所のようなものはなく、生麺が入手できなかったうえ、いろんなものを盗むと捕まる恐れがあったので、本格的なラーメンは諦め、「屋台仕込み生ラーメン」というの、ワンパック三食分入っているのを七パックも盗んできて、これを調味して供することにした。ゴミ捨て場で拾ってきた鍋に拾った空のペットボトルに入れて持ってきた水道水を沸かして麺を茹で、茹だったところに別添の粉末スープを混入し、ゴミ捨て場で拾った鉢に盛って、盗んできた麺媽、盗んできた乾燥葱、盗んできた鶏卵を予め茹で半分に切断したもの、盗んできた海苔をのせて供するのである。その際、客にはゴミ捨て場で拾ってきたガラスコップに水道水を注いで出す。

会議用テーブルのうえには盗んできた胡椒と拾った空き缶にいれた割り箸の束が置いてあり、また、会議用テーブルの客席側には、ゴミ捨て場で拾ったカレンダーの裏に小屋の机の抽斗に入っていた油性ペンで、「屋台らーめん　２５０円　ウマイ！　ちんば軒」と書いた紙が二枚、盗んだガムテープで貼りつけてあり、看板、幟、品書き、厨房の目隠し、という四つの役割を果たしていた。ちんば軒というのは、おそらく紅田がここで起きたことを一生忘れない、という意味をこめて自ら命名した店名であろう。厨房側、すなわち金券ショップのシャッターの側には、盗んできたゴミ袋がガムテープで貼付けてあった。

その無惨な屋台は、学園祭の模擬店のようであり、低予算の撮影現場のケータリングのようでもあったが、もっとも似ているのはボランティア団体による炊き出しであった。しかし、それも紅田の屋台よりは体裁が整っていた。

ただ、設置したライブカメラに映る紅田の表情は満足気であった。当初より計画を縮小したとはいえ、これだけのものを盗んだり拾ったりして集めるのに随分苦労をしただけに、開店にこぎ着けることができたのが、よほどうれしいのであろう。その気持ちはわかる。しかし、問題はいったい誰が、こんな無惨な屋台で、素性の知れないおっさんが作る、スーパーマーケットで売っているようなラーメンを食べたいか、という点で、おそらく、そんな奴はいないのではないか。試しに未無に、二五〇円だしてこの屋台でラーメンを食べたいか、と問うたところ、「無理」と答えて横を向いてしまった。まあ、それが偽らざる大衆の反応であろう。

そう思って画面を見ていると驚くべきことに、青いジャンパーを来て黒いニット帽をかぶった男が会議用テーブルの前に立って、まさか？　お客？　と思って見ていると、どうやらラーメンを注文したらしく、紀田はいそいそラーメンを作り始めた。口開け。鍋の湯が沸くか沸かぬかの間に客がついたのである。

それからせんぐりせんぐりという訳ではないが、学生風、労務者、街娼、酔っぱらい、バンドマン、占い師、ガードマンが、ポツポツ、というのは鍋とコンロがひとつしかないからこれはかえって好都合、やってきてはラーメンを食らい、代銀二五〇円也を支払って帰り、初日、紀田は合計二千円を売り上げることができた。元手はゼロだからこれは丸々、紀田の儲け。もっと儲けてやろうとガードマンが去ったあとも紀田、何時間かねばったが、それよりあとはぴたりと客が来ず、すぐに客に出せるように弱火で沸騰を続けている鍋、いつそボンベ代がもったいないと見切りをつけて店仕舞い、ガス火を消し、会議用テーブルは、金券ショップのビルと隣のビルの間の路地に隠し、その他の道具や材料は、ゴミ捨て場で拾ったドンゴロスの大袋と、ゴミ捨て場で拾ったスーツケースに分けていれ、ドンゴロスを肩に担ぎ、スーツケースを引きずって歩き出したのだった。


「やはり地域性がよかったんだよ」

とソファーに座った紐田は得意げに言った。

「ああ、そう」

「そうですよ。やっぱりねぇ、銀行の前にしなくてよかったよ」

「ああ、そう」

「そうですよ。あの辺は気取った店が多いし、歩いてる人も自分をセレブだと思ってる人が多いじゃないですか。そういう人たちはウチの店にきませんよ。その点、西側のあのあたりは貧乏人が多いからな」

「ああ、そう」

「そうですよ。それと価格設定ね。近くの牛丼屋が二八〇円だからね。それより安い、っていうのがインパクトあるんだよな。近くのラーメン屋とか、しょうむないラーメンで六〇〇円とかとってるし」

なんて、紀田、調子をこいているのは、十日連続で商売に出て、毎日、二千円から三千円、多いときは四千円以上も売り上げ、少しずつではあるが、仕入れもできるようになって、利益も三万かそこらになったからである。しかし、実るほど頭を垂れる稲穂かな、人間というのは成功すればするほど謙虚であらねばならない。天狗になってはいけない。そんなことをふと思ったので、俺は紀田に言った。

「けど、気をつけた方がいいですよ」

「なにをですか」

「だって、紀田さん、窃盗で仕入れしてるんでしょ」

「あ、それは大丈夫」

「なんで大丈夫なんですか」

「あそこ店員が馬鹿ばっかりなんですよ。それに人数が少なくて客が醤油の置いてある場所とか、訊こうとしてもいないし、警備員も巡回してないし、監視カメラも死角だらけなんだよ」

「それにしても、同じ商品ばかり定期的になくなっていたらおかしいと思うだろう」

「それは大丈夫。さすがにそれはまずいから、盗む商品を変えてるんだ」

「え、それで店の方は大丈夫なの？　味が毎日変わって」

「うん。それは大丈夫みたい。逆に日替わりランチみたいな感じで、毎日、目先が変わっていい、みたいにいってる人もいるからね」

　みたいな感じで、紀田はまるで頭を垂れず、それどころか、調子に乗っている感じ、いつか、高転びに転ばなければよいが、っていうか、現状、もう転んでいるのか。なんてなことを思いながら俺は酸いも甘いも噛み分けてリボンシトロンを、その素晴らしさを海に流した。牛肉は腐りかけが一番うまい。鳥の将に死なんとする。その声や悲しい。人の将に死なんとする。その言や善し。俺は崩壊寸前の言葉を信じられない。崩壊した言葉しか信じられないのだ。そしてそんな風に俺を生んだ両親を恨んでいるのだろうか。そんなことは夜になってみないとわからないのだろう。俺はすべてを忘れて米を買いに行った。

　あんな風に調子に乗っていたらいつか高転びに転んでしまうのではないか。未無と俺の心配をよそにちんば軒の業績はその後の十日間も順調に推移、十万円という巨額の資本を蓄積した。

　そのことがなお不安だった。ゼロから、窃盗から、ボコスコ出発してそこまでいくと、多くの人間は油断して滅びてしまう。俺は成功した。俺は勝った。俺はそこらの凡百のアホとは違うのだ。選ばれてあることの恍惚と不安、などと嘯き、パチスロをしたり買い食いをしたりカルビばっかり食べたりする。紅田さんもそうなりゃあしないか、と思ったのだ。

　ところがどっこい、その段、紅田両奴は偉かった。そんなことはちっともしないばかりか、そこまで資本を蓄積したら、もう窃盗なんてやりたくない。いざ発覚したら自分が傷つくというリスクを畏《おそ》れ、堂々と仕入れがしたい。という甘えた考えが起こるのが普通なのに、いや、創業精神を忘れたらちんば軒は終わるという信念から、根気よくこつこつ窃盗を続けた。

　紅田両奴。凄い男だなあ。この分なら奴は本当にやるかも知れない。作家とか言っているが奴は、経営、ということをやってこそ真価を発揮する男じゃないか。そんなことを未無と言いあっていた矢先、紅田氏はある幸運に恵まれた。

　ゴミ捨て場に屋台が捨ててあったのである。屋台といって、車輪がついていて移動できる、みたいな屋台ではなく、化粧プリント合板の和風ワゴンの両端に二本の棒が立っていて、上辺に横棒、そこに暖簾を差し込めるようになっている組み立て式の屋台である。

　しかし、そんな簡易な屋台でも欲しいで買えば十万以上して、それがただで手に入ったというのは僥倖《ぎょうこう》というより他なく、そのとき紅田君は、自分は祝福されているのではないか、と思ったと言った。そのとき俺は、なに言うとんねん。強いてどっちかと言えば俺の方が祝福されてるよ。と思ったが、それを言うと、向こうも嫌な気持ちになるだろうと思ったので黙っていた。

そうやって俺が黙っているのをよいことに、調子に乗った紀田は気宇壮大なプランを発表した。曰く。

私もいつまで仕入れを窃盗に頼るつもりはない。いずれは、堂々と仕入れをして堂々とこれを売りたい。しかし。三食入り五百円のラーメンを二五〇円で売っていたのでは利幅が薄い。かと言って価格の増徴は困難である。そりゃそうだ、一旦、二五〇円と定めたものを三〇〇円、四〇〇円で売ったんじゃ、お客が納得しない。じゃあどうするんだ？　二七〇円にするのか？　いや、それじゃあ、お客が怒る、二六〇円にしよう、ってね、そんな十円、二十円の議論をやっておって、この難局を乗り切れるわけがない、そでしょ？じゃ、どうするんだ。じゃ、どうするんだ。このことに答えずしてね、ラーメン屋なんてやってられるもんじゃありませんよ。いまその答えを言います。それはねぇ、一言で言うと高級路線ですよ。いま売っておるラーメンは一杯あたり二五〇円だ。これじゃあ、利益が出ない。仕入れもできない、そこで。一杯五〇〇円のラーメンを売ればいいんですよ。ってというとね、そりゃあ、紀田、ぼったくりじゃねぇのか？　いまのラーメンとどこが違うんだ、という人が必ず出てくる。儂は断じて言う。ぼったくりじゃない。っていうのはねぇ、出汁が違うんだ、出汁が。二五〇円のラーメンは、そりゃあ、うまいかも知らんがねぇ、言っちゃあ悪いが粉末スープだ。普及品だ。それに比べて五〇〇円の方は、鶏ガラが入っとる、鰹節も入っとる、昆布も入っとる、いろんなものが入って、そりゃあもう比べもんにならん。別物だ。それで五〇〇円とってどこが悪いんだ？　それで五〇〇円とってどこが悪いんだ。そでしょ？　私は、この五〇〇円ラーメンは必ずお客さんはわかってくださると、こう思っておるのでございます。そしてその財源ですがねぇ、これはこれまで窃盗で稼いだ十万円というものがある。これを活用すれば、鰹節なんてものは、鶏ガラなんてものは、直ちに揃うのであります。あと、麺はねぇ、これはもう同じだ。同じことだ。同じ麺を使って効率を上げる。しかし、スープが違う。まったく違う。このことによってお客の支持が飛躍的に伸びる、と、私はこう信じている。もちろんねぇ、窃盗は続けますよ。これを忘れてはならん。ちょっと儲かったからといって、ああ、じゃあお金で払いましょう、なんてやってたらねぇ、忽《たちま》ちに潰れますよ。儂はそんな例をいくつも見てきた。だから、窃盗はこれは続ける。しかし。いつまでも窃盗を続けるものではない。私は、五〇〇円ラーメンがお客に支持をされたその暁には、二五〇円ラーメンを二〇〇円に下げ、そのことによって、さらなる支持の拡大、さらなるコスト削減をはかることによって、よりいっそうの発展を遂げたい、とかように思うのであります。

ということらしい。俺はそれをきいて、ああ、そうなんだ、と率直に思った。

紅田両奴の二種類のラーメンという戦略は成功した。今日は銭があるから少しばかり贅沢をしたいな、という客に五〇〇円のラーメンは好評であった。また、二〇〇円のラーメンにも煮豚を載せて出し、これが狂熱的に支持された。二五〇円から二〇〇円に値が下がったうえ、煮豚がプラスになったのだから支持されるのは当然であろう。

ということは、五〇〇円のラーメンと二〇〇円のラーメンは見かけ上、同一、ということになる。器も、もはや、拾ってきた丼では間に合わず、使い捨てのプラスチックのカップを使うようになっていたが、五〇〇円だから模様付きのいい感じのやつ、ということもなく、同じカップを用いたので、ますます、見ただけでは区別がつかなかった。

同じような見た目なのに三〇〇円も高い。

このことが逆に受けた。つまり、俺はおまえ、いまおまえ、むっさ贅沢してんねんど。というスペシャル感が評価を得たのである。というと、単なるイメージ戦略、と思われがちだが、実際の味も格段によかった。それはスープを自作したからであるが、紅田はこれに多量のうまみ調味料を混入、そのことによって明確な味の差を拵え、客をして、「やっぱ、五〇〇円の方はうまいのお」と思わしめることに成功したのである。

そんなことで、さらに十日が経つ頃には、二〇〇円のラーメンを五十一食、五〇〇円のラーメンを二十二食売り上げて、二一二〇〇円の売り上げを達成したのである。

こうなると当然、窃盗に頼る仕入れは難しくなり、現金での仕入れも増えて利益は六〇〇〇円かそこらであったが、そもそもこのプロジェクトは利益を上げるのが目的ではなく、人気を博すのが目的なので、利幅が薄いのは問題にならぬのであった。

血膿色のショートパンツを穿き、ドブ色のクロックス、乳のところに、狂人と髑髏《どくろ》が互いの口を吸っている絵が印刷してある女が来て言う。

「おい、普通ラーメン、一杯、おくれなね」

「へい」

答えて紀田は盗んできたプロパンガスに接続せられたる三台のコンロのうちの一台、常に熱湯、滾《たぎ》りたる大鍋に、麺を祟り込んだ、叩き込むのではない、単にいれるのでもない、文字通り、祟り込んだ、振り笊をつける。その間に、カップにスープを用意、茹で上がった麺をこれにいれ、そのうえの部分に、煮玉子、海苔、麺媽、鳴戸巻、葱を載せて、お客に渡す。そんなことをしているうちにも、また、別の乗馬ズボンに地下足袋、毛糸腹巻を巻いた、おっさんがやってきて、脇にいる女をチラとみて、女に対する見栄であろうか、

「スペシャルラーメン一丁」

と野太い声で注文する。それに対して、紖田はなんと答えるのだろうか。

普通ラーメンのときは、「へい」と答える。しかし、スペシャルラーメンのときは違う。

紖田は、紖田両奴という男は、おっさんよりもっと野太い声で、

「おお」

と答えるのである。

というと、「なんだ、それは。客に対して失礼じゃないか」と言って怒り出す人が出てくるかも知れないが、その怒りは申し訳ない、お門違い、だ。

へい、というとき、紖田は商売をしている。相手をお客だと思っている。お客の払う、二〇〇円にみあった商品を提供すればよい。しかし、おお、というとき、紖田は相手を客だとは思っていない。じゃあ、なんと思っているのか。好敵手だと思っているのである。真剣で立ち合う。容赦はしない。やるか、もしくは、やられるか。剣禅一如。裂帛《れっぱく》の気合いで紖田は、振り笊を祟り込み、タレをカップに注ぎ、別の大鍋のスープを注ぎ、味を調整し、きええええええええっ、とは叫ばない、叫ばないが、心のうちで叫んで湯を切り、カップに麺を蓬り込み、オンキリキリバサランバオンキリキリバサランバ、と口に唱

えつつ頭のなかには、ジャッジャッジャー、ジャッジャッジャッジャー、ジャッジャッジャー、ジャッジャー、とDeep Purpleのヒット曲、『湖上の煙』のリフを鳴らし、大胆かつ繊細な手つきで、煮玉子、葱、麺媽、海苔をまるで四神のように配置し、そして初めてにっこり笑い、「へい、お待ち」と言って客に渡した。

客に、お。自分はなんかすっげぇいいもん注文したんだな、と思わせるための見事な演出であった。この頃の紀田は輝いていた。抱かれたい飲食業の男・78位くらいの感じがあった。男の脂が皮膚に滲み出て独特の香油になっていた。

そんなことで繁昌するちんば軒。普通ラーメン、スペシャルラーメンを食べるのが一種の流行になり、西側の交差点にやってくることなんてほとんどなかった東側の人々の間にも噂が広まり、食通で知られる売れっ子プロデューサー、というのがやってきて、僕の知る限りNo.1のらうめん。とブログに書き、それをみた愚民がちんば軒に殺到した。それに対して紀田は限定路線を打ち出した。普通ラーメン一日限定五十食、スペシャルラーメン一日限定三十食としたのである。そのことによってスペシャル感、いや増し、開業して四十日後にはブランドイメージ確立し、ちんば軒はもはや押しも押されもせぬ人気店であった。

となれば当然、新聞テレビ週刊誌が来るはずで、紀田はそれを心待ちにしていたが、取材依頼は皆無であった。人間の知能では理解できない不思議な圧力がそこにかかっていた。俺はその圧力について朧《おぼろ》げな理解があったが、それを分析したり、他に説明したりすることはできなかった。そのあたりが俺という人間の限界なのかも知れない。しかし、俺はそれが不当な圧力でないということだけはわかっていたし、だからこそ、こうやって紀田の文学を破壊することができているわけだ。そのことは未無も多分、認めているだろう。とまれ。

紀田がオーナーシェフを勤めるちんば軒は繁昌、人気ラーメン店となった。俺も未無も心よりそれを喜んでいた。心よりお詫びしていた。なのに。なぜ？　ってのは開業四十九日目、紀田は店を休んだのだ。

夕景。本来、商売に出掛けているはずの紀田両奴が、ぬらっ、と部屋に入ってきたとき、俺は陰茎を怒張させて怒った。ダメじゃん。あかんじゃん。と思った。だってそうだろう、町々の時計となれや小商人、なんてなことが言ってあるとおり、ああした商売は休んだら終わりである。遍在。風景のようにそこにあらねばならない。そのことによって個が圧殺される、とか、自分らしさ、なんてなことを一瞬でも思ったら、その瞬間、終わる。

仕事を休みたい、自分らしさを恢復したい、というときの自分とそう思う自分の距離があってはならないのである。むしろ逆に、そう思う自分とそう思われる自分を自分で開腹して腸を取り出し、ホルモン焼きにして、「へい、お待ち」と言ってホルモンラーメンを提示するくらいでないと小さなビジネスは成功しない。

にもかかわらず、少しばかり成功したからといって、もう商売を休んでいる紅田両奴を俺は心の底・腹の底・肝臓の底・陰嚢の底から軽侮して、でもその軽侮を露骨に示すと人間関係に罅《ひび》が入るかも知れないので、つとめてにこやかに、「ああ、紅田先生ですか。お晩です。今日はお店の方はおよろしいのですか」と言った。

「今日は休みにした」

「そりゃあ、よろしゅうござんす。ささ、そちらのダイニングテーブルにお座りになってくだせぇまし。杏仁水を差し上げましょう」

「いらねぇよ、そんなもん」

「あ、こら失礼。では、ブロン液でも」

「だから、いらねぇっつの」

「あ、こら失礼。で？　本日はお休みかよ」

「つか、話あんだけど」

「なんの話?」

「あのさあ、俺、人気ラーメン店やってんだよ、いま」

「そうだってなあ、頑張ったなあ」

「じゃなくてね、家に帰らせてほしいんだよ」

「なんで」

「なんで、って約束じゃないか。人気ラーメン店をやる。それで家に帰れるっつうことじゃなかったのかよ」

「まあ、そうですけど。でも、じゃあ、僕の方からひとつだけ訊いてもいいですか」

「なに」

「あなたは、ラーメンというものに情熱があってちんば軒を始めたんじゃなくて、ただ僕に言われたから、家に帰りたいから、それだけの理由でちんば軒を始めたのですか」

「そうだよ」

あっさり言い放つ紕田両奴に俺は、激しい憤りを感じようかな、と思った。もちろん、紕田個人がそう思うのは勝手だ。しかし、そんなことで簡単に紕田が俺に対してやったことが許されるものではないし、っていうか、俺はいい。俺はいいが、紕田のラーメンが好きで集まっている人たちに対して失礼じゃないか。本気で紕田のラーメンを愛し、それを心から支持している人に対して、いやあ、俺は言われてやっているだけだ。こんなことは嫌々やってるんだよ、実は。なんて言うのは傲慢すぎる。そんなことを言われたらその人たちがどれだけ傷つくか、紀田は考えたことがないのだろう。許せない。絶対に許せない。そう思おうと思って俺は言った。

「そういうことだったら、私は君を許せないな。だって、それって裏切りじゃん。誰に対するって、お客に対してだよ。私は君に本当の心、本当の人間、というものをわかってほしかったんだよ。それが私の情熱だったんだ。やむにやまれぬ情熱だったんだ。それは君のラーメンが好きで、君のラーメンを愛した、ちんば軒のファンのみんなの情熱でもあったんだよ。でも、君はそのみんなの気持ちを裏切った。みんなの気持ちを踏みにじった。僕は、私は、それが一番、許せないんだな。なので、私は君を許すことができない。本当に帰りたいんだったら、君のラーメンと君のラーメンを愛するファンを心から愛して、誇りをもってラーメンを作って欲しい。それだけを僕ははっきり言っておく」

目の奥にキリキリするような痛みを感じながらようやっと言い放つと、キッチンで俺のために、唯一の得意料理・インカ風・冷や奴を作っていた未無が織部黒の小鉢を手に持ち、バレエダンサーのようにクルクル回転しながら、

「そら嘘や、そら嘘や、そら嘘や」

と叫んで飛び出してきた。

「それは違います。私はその場にいて聞いていました。小角様は、ラーメン店を開き、それを人気店にする、とは言いましたが、真心とか愛なんてことは一言も仰いませんでした。いまさらそれを仰る小角様は私は卑怯だと思います」

「ぼえええええ？　そうけえ？」

「口を尖らせてもだめです。そうです。私は、このインカ風・冷や奴をむしろ紖田様に捧げたいです」

「なるほど。僕は、嫌われた訳だな。すっかり悪役だ。じゃあ、仕方ない。わかった。俺も男だ。いったん口にしたことを覆して血を吐いて死ぬのは女だと未無は言うが、同じ人間である以上、男も同じこと。じゃあ、紖田君、帰っていいよ」

「あたりまえだよ。帰る。どうやったら帰れるんだ」

「ええ、それはもう、すぐ手配しますんで、冷や奴でも食べながらお待ちください。未無さん、差し上げて」

「はい」

「いらねぇよ、そんなまずそうなもの」

吐き捨てるように紖田が言い、いそいそと小鉢を差し出した未無は、がーん、となった。精神に打撃を受けたのである。

「ま、まずそうなもの……、私が懸命に作ったインカ帝国風冷や奴がまずそうと紅田様が仰った。信じられない……」

そう呟いた未無は真っ青なハラペーニョソースのかかった真っ白な豆腐が入った織部黒の真っ黒な小鉢を取り落とした。小鉢は割れ、抹茶色のカーペットに訳の分からぬ色の染みが広がった。

「私はとんだ清水ミエコさんって訳ね」

未無がポツリとそう言った。私はなにを言ってよいか、なんと言って励ましたらよいかわからなかった。鉄のような紅田両奴に対する激しい憎悪の炎が膝下あたりに燃えていた。けれども、どうすることもできない。いっそ俺がラーメン屋になってやろうか。逆に。そなことを痺れる脳でぼんやり考えていると、しばらくの間、虚空を睨み、風に吹かれる百合の蕾《つぼみ》のような表情で、何事かを考える風であった未無は、一点を見つめたまま言った。

「エディー、ちょっと待って」

俺と紅田はきょろきょろした。しかし、エディーはどこにもいない。訳がわからず、この人はなにを言い出したのだろう、と顔を見合わせ黙していると、未無は続けて、

「餃子を忘れてない?」

　と、映画の吹き替えのような口調で言った。

「餃子?　なんの話だ?」

「思い出して、エディー。あなたはポールにあのときなんて言ったの?」

「なんて?　僕はラーメン店を開いてそれを人気店にしたら帰してあげるって言ったの?」

「ほんと?　それだけ?　よく思い出して……」

「ああ、なんてこった。思い出したよ、エレン。僕はあのとき、ラーメンと餃子の店を出して、その店を人気店にする、って言ったんだ。はっきり覚えてるよ」

「でしょ?　エディー」

「そうだよ、エレン。ってことはつまり、ポールは……」

「まだ、帰れないってことよ」

「ワオ!　パーティーはまだまだ続くんだ」

「それはいいけど、ちょっと、やめてよ、やめて、エディー。まずは、この冷や奴を片づけないと……」

　そんなこと言い合うエディーこと俺とエレンこと新未無の姿をポールこと紀田両奴は暫くの間、愕然とした表情で眺めていたが、やがて立ち上がって部屋を出ていった。

ならば、というので店を開けたのだろうか、小屋に帰って不貞寝をしたのだろうか、と思ってテレビの電源を投入すると、紀田は小屋の座敷に横たわり自慰行為に耽《ふけ》っていた。

翌々日。紀田は屋台の右側に、「餃子はじめました」というポスターを掲示した。というて紀田に餃子のノウハウがある訳ではなく、ルーちゃん餃子という出来合の餃子を、まあ、仕入れの銭はあるのだけども起縁担ぎ、ラーメンが窃盗で成功したのだから餃子も窃盗で、と、二五個入二九八円を十パックがとこ盗んできて、一皿六ヶ一〇〇円でこれを商ったのだ。

したところ、おまえ、ただちに、お客がついた。三十代の、神経質なくらいにビタビタの衣服を着た、美食雑誌の編輯者みたような男が来て、奇妙に丁寧な態度で、「餃子一皿、お願いします」と、言って、餃子が焼ける間も惜しいくらいに忙しいのであろうか、スマートフォンを取り出してこれを弄り始めた。

注文を受けた紀田は、「あいよっ」と威勢良く答え、餃子の売り出しを契機に一台増やした焜炉に火を燃し、そのうえにテフロン樹脂加工のフライパンを載せ、そのフライパンにサラダ油を垂らした。しばし、無駄な時間があった。普通、こういう場合、店の者は、今日は割合と凌《しの》ぎやすおまんな、とか、昨日の府中は荒れましたな、といったベンチャラというほどのことはないが愛想のようなことを言うのだが、腰が低いようにみせかけて、その性格の根本が傲慢な紀田にはそれができない、黙して気まずい時間を過ごしている。まあ、客の方も半ばはそれが厭でスマートフォンを弄くっているのだろう。

なんつってる間に油の温度が上がる。それにいたって初めて紀田はルーちゃん餃子のラッピングフィルムを破ろうとする。さっきあんなに時間を持て余していたのだから、そのときに破っておけばよいようなものだが、そのときにはそれを思いつかないのは、餃子を焼くのに慣れていないからだ。

ラッピングフィルムはプラスチックのトレーの基底部で幾重にも折り重なっており、なかなか破れない。あれ？　あれ？　と紀田は焦燥する。その様をみた客が、この、おっさん大丈夫か？　と不安になる。

ようやっとフィルムを破った紀田は餃子六個を取り出し、フライパンのうえに載せる。ジュッ、という不穏な音がするのはフィルムを破るのに時間をかけ過ぎ、油の温度が上がり過ぎたからだ。

やばい、やばい、と、紀田は炎を小さくするが、そうすっとこんだ、チリチリチリチリ、と頼りない音、表面をかりっとさせるためには、端ァ、強い火でやりやんとあかぬ、という断片的な智識を持つ紀田、慌ててまた強火にする。

なんてなことをしていると、ヨークシャテリアを入れた袋を肩から提げ、大きな黒眼鏡をかけ、髪を栗色に染色した日本人の、キャバクラで働きながら自分はいつかセレブリティーになる、と盲信しているらしい若い女が来店、「アン、スペシャル、シルブプレ」と言った。

「おお」

腹の底から声を出し、紅田は生麺を振り笊にぶち込み、大鍋に滾り立つ熱湯にこれを、そっ、と漬けた。

そのことに細心の注意を払っていた紅田は瞬時、餃子のことを閑却していた。しかし、その間も、餃子の表面温度は上昇、餃子は炭化の徴候を示し始めていた。

スキルのない紅田と雖《いえど》も、それくらいのことはわかる。

「あ、しまった」

と、言いつつ慌ててターナーで餃子をひっくり返そうとするも、皮がフライパンに附着してひっくり返せない、しかし、ひっくり返さないと炭化が進行するばかりなので無理矢理にひっくり返したところ、皮、無惨に破れ、中味あられなくあらわれ、あれは俺の餃子、と思っていて、その様を見逃す筈ない、編輯者風の男は露骨に眉を顰めた。

そんなことをするうちに、ラーメンが茹で上がる、というか、あ、ラーメン。と紅田が思ったときにはでき過ぎていて、麺が半ば熱湯に溶融している。

タレの準備もできていない。煮豚と煮卵も切らぬとあかぬやんかいさ。なんて焦りつつ、紀田、包丁を手に取ったが焜炉を四台に増やしたため、ワークトップきわめて狭く、いつもの感覚で動いたら肘が、予め煮た鶏卵を入れたタッパーウェアに当たって落下、慌てた紀田、これを拾い集め、客の手前、ペットボトルに入れた水で洗い、えへへ、と愛想笑いするも、一部始終を見ていた客の視線は冷たく、紀田は狼狽《うろた》えていた。

しかし、やりかけたことをやめるわけにもいかず紀田は調理・調味を続けたが、その結果は悲惨なものであった。

茹で過ぎたラーメンは赤い山肌が露出したような味であった。食べると口のなかに土石流が発生するのである。黒焦げて中味が露出、ぐしゃぐしゃで不分明な餃子は、生ゴミのような見た目であった。若い女は左手で髪を押さえ俯いてラーメンを一口啜り、これを、げぶっ、と吐き出して、「ありえなくない?」と言い、プンプン怒って帰った。美食雑誌の編輯者のような男は気が弱いのか、目の前に置かれた皿をみて、「こ、これは……」と呟きつつも、紀田が段取り悪く差し出した小皿に、醬油と辣油と酢を入れ、一応、餃子を箸ではそもうとするのだけれども、生ゴミのようなことになっている餃子ゆえ、なかなかはさめず、一口、二口、食べる振りだけして、一〇〇円を放り出して遁走した。

しまった。しくじった。次こそはうまくやろう、餃子はおいおい研究するとして少なくともラーメンだけはちゃんとやろう、と紀田は考えるのだけれども、餃子、というものがそこにあることによって、すべての段取り・歯車が狂い、これまであたりまえにやってきたことがなにひとつできず、作業は遅延・遅滞、洗い物は溜まり、仕込みは間に合わず、湯はなかなか沸かず、材料は払底、菜箸で煮豚を摘めば取り落とし、拾おうと思えば肘が醬油の壜にぶつかって醬油をぶちまけ、フライパンには焦げぐせがついて、気がつくと釣り銭がなかった。

そんなだから、注文して品物が出てくるまで二、三十分もかかる、なんて体たらく、大抵の客は、もういいっ、と言って帰ったし、気長に待っていた客も、出てきたラーメン、餃子を見て怒り、食って怒った。大半の客がカネを払わないで帰ったし、それに対して紀田も文句を言えず、この日の売り上げは殆どなかった。

これではあかぬ、と思った紀田は、翌日、商売を休み、小屋でルーちゃん餃子の焼き方を研究した。落ち着いてやってみれば簡単なことだった。ただ、客というのは気まぐれなもので、二種のラーメンと餃子をランダムに注文する。肝は焜炉の使い方、すなわち火力調節だな。火を支配する必要がある。紀田は抽斗から取り出した紙にそんなことを書付けていた。ははは、ボケだ。ロックンローラーだ。

でも、そうして、研究を重ねたお蔭で、まあ、普通に慌てずに餃子を焼けるようになり、後はラーメンとの同時進行をいかにうまくこなすかだ、って紅田、もう一度、やる気になったが、それから三日間、雨が降り続いた。土方殺すにゃ刃物はいらぬ。雨の三日も降ればよい、なんてなことが言ってあるが、出商売、屋台のラーメン屋も同じことで紅田、三日間、仕入れた餃子を食い、ズビズバ軽くなる財布に臭い溜め息をついていたが四日目には晴天と相成って、勇躍、荷をひき担いで金券ショップのシャッターの前に万全を期して開店をした。ところが。

客がちっともこない。そういう商売をやっていると、「あ、こいつは来るな。あ、こいつは通り過ぎて行くな」というのが、大体わかるようになる。紅田もそうで、通っている奴をみて、「あ、こいつは来るな」と思ったらこれまではたいてい来た。ところが来ない。

いったいどうなってやんだろう。そう思った紅田、客も来ないし、少しくらい留守にしても大丈夫だろう、と、近隣の様子を偵察に出掛けると、西側交差点の角に、心情庵、というラーメンと餃子の店ができていた。

角店で、内外装も今の有象無象に受ける感じ、つまり今様で具合よく、普通らうめん一五〇円、特別らうめん四〇〇円、餃子一皿一五〇円と、どのように考えても、紅田の店のコンセプトを盗用したとしか思えない商品構成だった。店員はすべて二十歳そこそこの小娘ばかりで、ぴったりとしたTシャツにミニスカートという姿で、らうめん・餃子をサーブして、これがまた、おっさんや無口な若い男に受け、疲れ果てた跛の中年男である紀田、これには対抗のしようもなく、或いは、未無が店員をやってくれれば、とおそるおそる尋ねてみたが、あり得ない、という予想通りの答え。

一体どこの餓鬼がこんなことしゃあがったんじゃ。しゃあがったのは、小太りの眼鏡をかけた天パのプロデューサーであった。プロデューサーがその店を、ははは、プロデュース、していたのである。ぷろでゅうす、していた。

拾ったスポーツ新聞の囲み記事でそれを知った紀田は、「これは、はっきり言ってパクリじゃないか」と憤ったが、ラーメンと餃子は紀田が考え出したものではなく、結局は泣き寝入り、すっかり客を盗られて、その日の売り上げはわずか三二〇〇円であった。ムカついた紀田は閉店後の心情庵のシャッターに立ち小便をして溜飲を下げようとしたが、そんなことをしても溜飲はちっとも下がらなかった。

そんな日がうち続き、ちんば軒はすっかり左前となり、仕入れの銭にも事欠くようになった。となれば頼みの綱は窃盗であるが、迂闊な例の店も、合わぬ帳尻に業を煮やし、監視カメラを増設、警備員も置いて以前のような自在な窃盗ままならず、窮した紀田、一計を案じ、利幅の大きい酒、ビール、焼酎を商うようになった。酒を商えば客は当然、肴《さかな》を注文する、そこで、けれども手の込んだことはできないから、大鍋に予《あらかじ》め、内臓肉の煮込、泥鰌汁を、かわりべったんに拵え、餃子はそのままビールの当てとした。ビール二八〇円、発泡酒二〇〇円、焼酎の炭酸割一五〇円、ウイスキー二〇〇円、清酒一合一〇〇円。低価格路線が当たって、居酒屋で飲むカネもないが安く酔いたい客が来たが、飲む客が来るようになると、餃子はそこそこ売れたがラーメンの客がちっとも来なくなり、ちんば軒はすっかり立ち飲み屋になってしまった。

それでも儲かれば、これは次なる展開に向けての資金稼ぎ、いまは雌伏のときであっていずれ捲土重来《けんどちょうらい》を果たす、と心に誓うこともできるのだけれども、そもそも金のない客のことで、煮豆を一粒ずつ食べながら、一杯の焼酎をブランデーを飲むようにグジグジ噛んで飲み、思ったほどは利益が上がらず、死なないけど生きてる、みたいな状態が続き、紀田、すっかり疲れ果て、プレハブ小屋で、売れ残りの泥鰌汁をブチブチ食べながら、焼酎をガボガボあおる日が続いた。

そんな様子を一ヵ月ほど観察しただろうか、「潮時かな」「だね」未無と話し合って、その日の夜も遅くなってから重い荷を担げ引きずり、跛を引きもって帰ってきて、そのまま屋上の草原に帰ろうとする糺田に声を掛けた。

「糺田先生」

「なんですか」

「僕の心のためとはいえ、毎日、お疲れさまですねぇ」

「ああ、まあ、正直、疲れました」

「うわっ。そんなことを正直に仰るの？　品格がないわね」

「しっ。そんなこと言うな。まあまあ、お掛けください。荷はそこに置いて。そうそうそう」

「なんですか」

「糺田親分、あーたが、ちんば軒を出して、もう何日になりますかねぇ」

「何日？　ええっと、わかんないけど、二ヵ月ちょっとになるんじゃないかな」

「あ、なるほど。じゃ、もうダメだね」

「なにがダメなの」

「だから、ほら、規定ですよ。ラーメンと餃子の店を出して人気店にする、っていうね、その期限に関する規定がね、六十日以内、ってことになってるんですよ。ね？　なってますよね？　新さん」

「確実になってますね」

「ほらね。なってるんですよ。で、はっきり言ってもう六十日過ぎてるんですよ。もちろん私どもとしてもあなたの立場を考えて、そのあたりあえて曖昧にしてたんですわ。けど、なんなんでしょうかねぇ、あなたの態度。私たちがそんなに努力しているのに、いい加減な、焼酎とか泥鰌汁とか売ってやる気あるんですか?」

「っていうか、ちょっと待って。六十日の期限なんて、僕、聞いてないんだけど」

「パルドン?」

「いや、そんな怒ったみたいに仰いますけどね、僕は、このプロジェクトをいついつまでに達成すべし、というね、期限があるなんてなことは一切、聞いてないんだよ」

「ああ? 僕、言いませんでしたっけ?」

「聞いてない。聞いてたら、僕は悠長に飲み屋なんてやらないよ」

「ああ、そうか。じゃあ、それは、私のミスだ。ミスだよな、未無」

「ミスですね」

「じゃあ、そういうことで」

そう言って紕田が階段の方に行こうとしたので、俺は言った。

「待ってください」

「なんだよ」

「六十日の期限が過ぎてるんです」

「でも、それは僕は聞いてなかった。君のミスだ」

「はい。しかし、規約は規約です。規約は曲げられません」

「どうしろ、っつうんだよ」

「おまえ、その口の利き方、なんだよ。舐めてんのかよ」

「別に舐めてないですよ」

「あ、じゃあ結構です。すみません。とにかくラーメン・餃子が期限内にできなかったんで、もうそれはダメになっちゃったんですね。ということはあなたには、三、暗殺、しか残されてねぇんだよ。それは言わんでもわかるでしょう」

言うと、紀田、慌てて言った。

「ちょっと待ってくださいよ、あなたたち前に私が、戯れにきみを狙いし銃口のその奥にある遠い暗闇、って短歌を作ったとき、不法行為サイテー、って言いましたよね」

「よく、覚えてやんな。言いました」

「暗殺、って、殺人、って不法行為じゃないですか。それを僕にやれって言うんですか」

「言います。未無は?」

「言いますね」

「おかしいじゃないか。矛盾してるじゃないか」

「矛盾してねぇよ。いいですか、先生。戦々恐々として聞いてくださいよ。自分の妻が他の男と通じていると知って嫉妬に狂って妻と相手の男をメッタ刺しにしたとして、これを暗殺といいますか」

「うーん。いわないなあ」

「でしょ、それはただの殺人ですよ。暗殺っていうのねぇ、そんな浮気してるおばはんとかそういうんじゃなくて、要人、と言われている人を殺すから暗殺っていうんです。それも、ただ殺すんじゃなくて、そこに思想っていうかね、大義っていうかね、私心のために殺すのではなくして、そいつが死ぬことによって、この世の中がよくなる。大義があきらかになる。みんながいい感じになる。みたいなね、そんな目的がはっきりあってね、だから澄み切った心で、なんらの疑いも躊躇《ためら》いもない爽快な気分で殺すんですよ、だから、不法行為には違いないけど、すくなくとも最低な不法行為ではなく、不法行為サイテーとはならない、と、こういうことになっておるのでございます」

「それは、そうかも知れないけど、でもいくらなんでも殺人は……」

「でも、捕まりませんよ」

「え？」

「ここでやったことは夢のなかでやったことと同じことです。だから私だって簡単にあなたを殺したりできるんですよ。俺だって、逮捕されて起訴されて、なんて嫌だからね」

「ほんとにそうなの」

「ほんとですよ」

「でも、人が死ぬんですよ」

「でも、そいつが死んで世の中がよくなるんならいいじゃん」

「でも、ここで起こったことは夢のなかのようなことなんでしょ」

「愚な男だな。これで物書きだっつうんだから嫌になるよ。夢に現実のルールは適用されないけれども、夢に見たことが実際の行動に影響を与えるということは普通にあるでしょうに。夢占《ゆめうら》なんてこともあるし」

「なるほど。そうか」

「そうですよ」

「本当に捕まらないんですか」

「捕まりませんよ」

「だったらいいか。つってでも誰を殺せばいいの」

「そりゃあ、殺りたい人を殺ればいいじゃないですか。誰か殺したい人いないんですか」

「うーん。いないこともないけど、けど、そいつが死んだら世の中がよくならなきゃいけない訳でしょ」

「然り」

「殺したい奴のなかにそんな奴いないなあ。そんな影響力ある奴はいない」

「それは個人的な経緯のある奴だからじゃね？　面識とかなくてもいいんだよ。政治家とか企業家とかでもいいんだよ。邪教の教祖とかでもいいし」

「じゃあ、そうだなあ、いまの総理大臣とか撃てばいいのかなあ。よくなるかどうかはわからないけど」

「総理大臣なんて死ぬ覚悟がないとできないんですから。それでもうちはいいですよ。ピストルとかもこっちで用意しますし」

「あ、マジですか。いいんですか」

「いいですよ。当たり前じゃないですか」

「でも、ラーメンと餃子のときは全部、自分でやれって言われたから」

「申し訳ありません。でも、あのとき、って正直、僕ら、手ぇ出せなかったんですよ。なんだかんだ言って個人の問題じゃないですかあ？　なので、それとこれとは話が違うでしよう、って話にどうしてもなっちゃうんですよお。でも今回は事情が違うんで僕ら全面的にバックアップします」

「あ、じゃあ、よろしくお願いします」

「こちらこそよろしくお願いします」

俺と未無が立ち上がって頭を下げると紕田は自分も立ち上がって頭を下げ、「いえいえ、こちらこそよろしく」と言って座った。俺と未無は紕田が座ってもまだ頭を下げたままで、十五秒後に、やっと頭をあげて座った。

「で、マジ、総理大臣やりますう?」

「まあ、それが一番わかりやすいんですかね。でも影響力大きすぎないですか」

「そうですね。国務大臣くらいにしときますか」

「そうですね。でも、政治家って表と裏があるじゃないですか。マスコミ報道とかだと悪そうな奴でも実は国民のためにいいことをやってたりとかすると、殺すことによって政治が混乱して、外国とかに引かれて、みんなの生活がよくなるどころか逆に悪くなる可能性が大きいですよ」

「じゃあ、官僚はどうですか。役人。民を苦しめる悪代官みたいな奴」

「ああ、それならいいですね。でもそんな人、いますかね。いたとしても事件になるまでわかりませんよね。事件になってしまったら、法に裁かれちゃうし」

「だからそれで不起訴とか起訴猶予とかになった人をやっちゃえばどうでしょうか」

「うーん。どうかなあ。それはそれで一応、捜査機関が調べて起訴しない、ってことになったわけでしょう。それをあえて殺していったいなにがあるのかなあ。まったくの無実、っていう可能性もある訳でしょ」

「そうやって考えていくと難しいですねぇ。うーん。困ったな」

「困りましたね」

なんて俺と紀田、暗殺対象者の選定に悶え苦しんでいると、脇で話を聞くともなしになにも聞いていなかった未無が突然、花が開くように言った。

「あの、心情俺、作った奴、なんだっけ、あいつ」

「猿本丸児」

「そいつやればいいじゃん」

俺と紀田は同時に叫んだ。

「それだ」

猿本丸児を殺せばこの国が変わるか。それは俺は変わると思う。なぜなら、いま、リンガというグループとヨーニというふたつのグループが空前の人気を誇っており、そのふたつのグループのメンバーの発言、一挙手一投足に全国民が注目、その影響力はきわめて大きいが、メンバーの発言や行動はグループをプロデュースする猿本に完全にコントロールされているからである。

ということは国民は間接的に猿本にコントロールされているということになるが、そうとも言い切れない部分もある。というのは、猿本丸児が、そのグループのコンセプトを策定し、メンバーを選定し、作詞をし、各方面への発注や、情報の操作などをして、グループを売り出していく際、猿本の頭のなかに、こういう思想を広めたい、とか、こういう方向に世論を誘導したい、といった考えがある訳ではなく、猿本は凡庸な感覚に基づいて、人々が耳触りがよい、目触りがよい、と思うであろうものを提出したに過ぎないからである。ここで大事なのは、凡庸な感覚に基づいて、という点で、猿本がひとり勝ちに勝った理由はここにある。

もとより、大衆のニーズに応じた商品を提供するというのはそれが娯楽作品である以上、当たり前の話である。しかし、リサーチの結果に基づいた企画の多くは失敗する。なぜか。まず、ひとつ考えられるのは、予算を切り詰め、安いところに発注したため、商品そのものがお粗末、表面上はそれらしく作ってあるが中味はパチモンという場合で、これが意外に多い。安いということは技術・能力、士気・モラル、すべてにおいてレベルが低いということで、ちょっとわかる人がみれば、「えええええっ？　これっすか？」というシロモノも珍しくない。しかし、その人もまた、わかる、ということは同じ業界にいて、同じく賃仕事を貰っている訳だから下手なことを言って歩くと、必要以上に厳しい目でみられ、こんだ、自分がなにを言われるかわからないので言わない。

だからといって高い金を払えばよいかというと、そういう訳でもなく、あんなに払ったのだから大丈夫だろう、と、現場をちゃんとチェックしないで任せきりにしていると、どうせ向こうは素人だからわかりっこないよ、みたいな感じに手を抜いた仕事をされることがある。そして、多くの場合、実際にわからず、いやー、このチームに頼んで本当によかったよ、なんて労をねぎらったりしてしまう。ただし、消費者は手抜きを一瞬で見抜き、言わんこっちゃない、プロジェクトは失敗するのである。

ふたつ目に考えられるのは、これが主に猿本のひとり勝ちの理由なのだけれども、リサーチ結果に基づいて耳触り、目触りのよいものを作るのだけれども、それを、鋭敏な感覚で、作ってしまう、という場合である。そしてそれにも二つのケースがあって、ひとつは、本当に鋭敏な感覚で作る、という場合と、ひとつは、鋭敏みたいな感覚で作る場合と、まったく鋭敏じゃない感覚で作る場合である。

このなかで一番数が少ないのは、本当に鋭敏な感覚で作る場合である。その場合、どうなるかというと、本当に鋭敏な感覚で作ったものは、商品にはならないが作品にはなる。作品には作品の価値があり、業界の一部や目利きの消費者に一定の支持を得ることができる。しかし、その評価が表に現れることはなく、作品はやがて情報の大海の藻屑《もくず》と消える。しかし、関係者の間に作ったという満足感は残り、運が良ければ時代を越えて支持される古典となることもないことはない。殆どないが。

次に多いのが、まったく鋭敏じゃない感覚で作る場合である。これは右の手を抜かれた予算を切りつめた場合と似ているが違うのは、右の場合は、まったくやる気なく手抜きで制作されるのに比して、この場合は、鋭敏なものを作ってこます、という気合いがクンクンで制作されるという点である。ただし、鋭敏な感覚はなく凡庸な感覚しかないので鋭敏なものはできず、だからと言って無難に凡庸なものもできず、見ただけで胸の奥から不快感がせり上がってくるような不愉快なものができ、もちろん、そんなものが消費者に支持される訳はないが、作った者は、俺の鋭敏な感覚に消費者がついてこれない、と嘯いて泰然自若として酎ハイなどを飲む。詩や小説にもこういうの、イパイある。

そしてもっとも多いのが鋭敏みたいな感覚で作る場合で、これはすなわち模倣である。鋭敏な感覚で作られたものに憧れ、自分もそういうものを作ってみたいと思いつつ、しかし、自分にはそういう感覚がないので、それを模倣して似た感じのものを作るのである。ただこれを真っ直ぐに模倣というと、心が白けたようになってやる気がなくなるので、インスパイアされた、という言い方でゴヤゴヤゴヤゴヤ、と誤魔化す。しかし、まったく同じものを作ると知的所有権を侵すことになるので、一部を変形させたり、コーティングしたり、色味を変えたり、反転させたり、金蒔絵を施したり、といろんなことをして、それに自分ならではの鋭敏な感覚を加味していく。しかし、そこにはそもそもまったきものであるオリジナルに、自分の痕跡を残したいという意味しかなく、極端に言えば平等院鳳凰堂の柱に、ひょっとこ参上、とマヂックインキで書くようなもので、まあ、実際はそこまで露骨ではないにしろ、基本的には同じことで、結局、耳触り、目触りのよいものにはならず、大衆はこれを、そうは、支持しないのである。

そして、そうは支持しない、と言ったのは、まったく支持しない、ということではないからで、なぜなら目利きではないが自分を目利きと思っている人が勘違いしてこれを支持することが割と多いからである。

そんな状況、すなわちほぼすべての作る人が右の三つのケースに当てはまるという状況のなかで、人々と同じ、凡庸な感覚に基づいて作った猿本丸児が圧倒的な支持を得たのは当然の話である。

というと、それのどこが問題なのか、という話になるが、俺はそこにげっつい問題があると思うのだ。

なにがもっとも問題かというと、その猿本の作物の影響力が大きく、それが人々の頭脳に染みついて、人々の考え方や振舞いに実際的な影響を及ぼしているのだけれども、その作物が、さっきも言ったように、人々の耳触り、目触りのよさを眼目として制作されているという点がもっとも問題なのである。

それがよき方向に向かおうと悪しき方向に向かおうと、およそ人に影響を与える言説はそれ自体に一定の力と方向性を内包している。強烈な核、のようなものがある。根源なパワーがある。はずである。

ところが猿本の作物にはそれがない。当たり前だ。猿本は人々が、だいたいこういうことを言われたらうれしい、というアンケート調査、世論調査に基づいて、プロデュースしているのだ。

それは大変におそろしいことだと俺は思う。

だってそうだろう、自分が影響を受けている、そのことを自分の人生の規範としている、ということ、じゃないとしても、自分が楽しい、自分が楽、な状態に自分を導いてくれる教え、みたいなことが、実は自分の感情に過ぎない、っていうことだからである。

っていうのを具体的に言うと例えば、自分を大事にしろ、というメッセージがあって、それを聞いて、おっ。自分というものは大事にしなければならないのだ、と信じ、バイトとかにいっても自分を大事にして、自分を侵害してくる上司や顧客から自分を守る。そうすっとどうなるか。社会と自分の間に軋轢《あつれき》が生じる。でも、自分はそのメッセージを受け取ったのだし、自分は自分を大事にする、といって頑張る。結果、解雇ということになって、自分は収入を失うし、社会の側も多大な迷惑を蒙《こうむ》る。しかしそれもしょうがないじゃないか、だって、自分はこれを大事にせざるを得ないのだから、という、その教条が、お釈迦とかマルクスとか後期デリダなら、それに則って行動しても、まあ、間違っていないのかも知れないが、実際はそうではなく、自分が、客の灰皿、替えんの面倒くさいな、とか、女にチヤホヤされたいな、とか、天玉うどん食いたいな、といった瞬間的な思考・感情を一言で言い表したものに過ぎないのに、それが、当代の売れっ子プロデューサー・猿本丸児が手掛けたということで昔の、修身・道徳の代替物のように世の中に浸透していくのである。

繰り返すが、それはつくづく恐ろしいことであると思う。

それは人間の方向の定まらぬ欲望に正しさの墨付きを与えたことになるから。

にもかかわらず猿本は、政府系機関が主催するイベントの主題曲を書いたり、いろんな審議会のメンバーになって、中心のないまま影響力のみを行使している。その、猿本が殺されれば、それは一応、暗殺ということになるだろう。

そしてその、消費者の感情・感覚の根本にあるものはなにか、というと、恐ろしいことに、そこにもまた、猿本がいる。或いは、猿本的なるものがある。

生きて生きて走っていくこの旅
それは老いたる桜の樹
曲がりくねって瘤《こぶ》もあるが
空に向かってすくと伸びる

ああ、空に伸びていく
ああ、そのように伸びやかに
空に伸びていきたい
雲に恥じぬように
青空に高く

空は遠い、でも愛は強い
そのことを信じて生きていく
どしゃぶりの雨もいつかあがる
空に太陽が輝く

ああ、この身体が
七重にも八重にも折れても
それでも伸びやかに
伸びていくのはなぜか

ああ、そのように伸びる自然
後悔はしない
陽光のように健やかに
流水のように爽やかに
ああ、生きていきたい
ああ、生きていこう

「川の流れのように」のことか。

ああ、伸びやかに

というのは、猿本丸児が政府系機関が主催した大規模なイベントの主題歌のために書いた『大樹を生きる』という曲の歌詞である。空疎きわまりない歌詞であるが、多くの人民大衆は、大御所、といわれるベテラン歌手が歌ったこの歌詞をシリアスなものと受け止め、人生の、なんとなくの、指標・指針、としている。

そのような人が、なんとなく耳触り、目触りがよい、としているものを猿本は凡庸な感覚で作っている。

そのことがなにを齎《もたら》すかというと、感受性の墜落のような劣化、である。そして、その墜落するように劣化した感受性に基づいて作られたものに影響された感受性に基づいて作られたものは、墜落した感受性に影響を及ぼし、その劣化した感受性に基づいて作られたものがさらなる感受性の墜落を招き……、という泥沼に全国民が嵌まっていく。

それをひとりで画策しているのが、他ならぬ猿本丸児なのだ。

「くっそう。考えているうちにすっげぇ腹が立ってきた。もうこうなったら、絶対にやるべきだよ。猿本、やるべきなんだよ」

と、絶叫、俺は、ズボンを脱いで猿股姿になり、自分の臑毛《すねげ》に目をこすりつけ、「おおっ、おおっ、昂奮する。昂奮するっ」と、おめき散らした。

そんな俺を未無は、洗いざらしのジーンズをみるような目で見ていた。

そんな俺を紅田両奴は、麦をみるような目で見ていた。

夢のように時間が砕け、その破片が俺たちの肩に降り積もっていた。

なによりも大事なのは人と人との和。そして、友達を大事にする心だ、と俺はつくづく思った。


日本人というのは即興が好きである。ずっしりしたものを構築するよりは、仮の廬《いおり》、しやしやっ、と仮設したり折り畳んだり、ぽぽっ、と添えたりして、それが、ぽわっ、とたまたま決まるのが好きである。

それはそれでいい。特に芸術とかをやる場合はいい。しかし、暗殺の場合はそうはいかない。やはり、土台、基礎からがっちりと固めていかないと事は成就しない。そこで。

僕らは射撃の練習をすることにし、「未無っ、拳銃」「はいっ」つって、未無が船箪笥から出してきた拳銃を持って屋上にあがり、草原で暗殺の練習をした。

屋上の草原はごみごみした地上と違ってとても気持ちがいい。こんな気持ちがいいところで暗殺の練習ができるなんて、本当にうれしい、気持ちいい。感謝。

そう思いながら紅田さんに言った。

「じゃあ、さっそく始めましょう」

「わかりました」

「じゃあ、最初はどうしましょう？　最初からあんまり無理してもあれなんで近い距離で的に当たるように練習しましょうか」

「そうですね」

「じゃあ、一メートルくらいのところから始めましょう」

「はい」

「じゃあ、紅田さん、ここに立ってください。で、はい、新さん、拳銃をどうぞ」

「はい」

「え？」

「どうかしましたか？」

「僕は撃たなくていいんですか」

「いいえ。あなたがやるんですよ」

「え、じゃあ、なんで未無さんが……」

「それはね、勿論あなたは撃つわけです。ただね、撃つからといって、ただ、闇雲に撃つ練習をすればよい、というわけではないんですよ。撃つ前に撃たれる者の気持ちをわかる必要があるんです。だから、それを先ずやりましょう、ってことです。敵を知り己を知れば百戦危うからず。つまり、孫子の兵法です。テテンテンテンテテンテンテテンテンテテン」

「ちょっ、ちょっと、待って……」

「うるさいっ。こっちは顔面すれすれ狙ってんだから下手に動くと死ぬよ」

未無が絶叫すると同時に、パーン、銃声がして、一瞬伸び上がった紀田がその場に崩折れた。

当たったのではない。気絶したのである。刹那小便が垂れ流れて股間がずくずくになっていた。脇腹を蹴り、頭に水をかけて、叩き起こし、次は二メートル、次は三メートル、と距離を伸ばしていったのだけれども、その都度、紀田は小便を垂れ流してぶっ倒れ、最後には下痢まで垂れ流したので、僕も未無も、いったい誰のためにこんなことをやっているのか、自分本位にもほどがある、と、ネガティヴな気持ちになってきて、練習を中断、ぶっつけ本番でやって貰うことにした。日本人は日本人らしく即興でいくのがいいのだ。それでいけ。そしてその前に尻を洗え！

正午。ポンパポンパッパパッポンポン、ポンパポンパッパパッポンポン、食べてね、わたしを。ちがうわ、餃子を、わたしは餃子で、餃子はわたしよ、ふたりの言葉は小麦のかくれんぼー、というキャチーでコケティッシュな、しかし、よくきくとそのなかにセクシーな気配の漂う、ポップでありながら、多少の哀愁を帯びつつ、でも人を勇気づける要素がもの凄くありつつ、でもけだるい感じの、レゲエっぽくも聞こえるが、ロックンロールっぽくもあって、でも表面上の印象はまぎれもないJポップ。みたいな主題歌の流れる心情庵の入り口から少し離れた道路脇に盗難車を停めて俺たちは息をひそめていても意味がないので普通に呼吸をしていた。それだけではなく、珈琲を買ってきて飲んだり、カールを食べるなどしていた。

なんでそんなことをしていたのかというと、このところ猿本は昼食を必ず心情庵でとるという情報を得ていたからである。ところが三十分待っても猿本が来ない。それどころか三十一分経っても来ない。というか、三十二分経っても来ず、三十三分目に助手席の俺が切れた。

「こんなに待ってもこないなんてなにを考えているのか。人を舐めるのもいい加減にしろ」

そう怒鳴ると、運転席の未無と後部座席の紅田がニヤニヤ笑いながら、「マアマアマアマア、そうカリカリしなさんな」と宥《なだ》め、珈琲とカールを買ってきて、「まあ、カールでも食べて、じっくりいきましょや。ところで、なんであなたは強情にカールを食べないのです」と言った。
「カールは指がべとべとになるから嫌なんだよ。俺は子供の頃、両親と妹とクルマで奈良に行って、その際、往きのクルマのなかでカールのカレー味を貪り食って、指がべとべとになって不愉快でならず、そのうえ後で父親が撮った写真を見たら、俺のティーシャーツはカールで汚れて、俺はまるで間抜けな子供のようだった。あれからだよ。俺が狂い始めたのは」

それは大変だったと思う。と、未無は言った。

「それは大変だったと思う。心から同情するわ。ぅでもね、エディー、いい？　思い出して。これは盗難車なのよ」

「そうだよ。それがどうか……、あっ、そうか」

「そうよ、エディー。べとべとになった指なんかシートで拭いちゃえばいいのよ」

「そうだ、そうだよ、エレン。シートで拭いちゃえばいいんだ。そうと決まれば、ビリー、さあ、カールを寄越せよ」

「僕ですか？」

「そうだよ。君だよ、ビリー。エレン、こいつどうかしちゃったの」

「初めての暗殺で緊張してるのよ」

「なるほど、誰だって初めてのときは緊張するものさ。僕だって初めてのときは緊張したんだぜ。いまでもときどき緊張する……」

「ちょっと、やめてよ、ビリー、じゃないや、エディー。カールがこぼれるじゃないの」

と言っていると、ビリーこと紈田が、

「そんなものシートで拭きゃあいい」

と、調子を合わせてきたので、振り返って、ぐわん、と顎に拳骨を食らわせた。

「痛っ」

「しっ、静かに。見ろ」

と、俺が指差す先に猿本がいた。でっぷり太って近眼鏡を掛けた、その外貌は年をとり、奸智と富を獲得したキューピー人形のようであった。

猿本は心情庵から出てきたところだった。なんのことはない、俺たちは、猿本がどこか別のところから心情庵に来るものだと思い、そこを狙撃してやろうと思っていたのだが、猿本は一時間くらい前から心情庵のなかにいてジューシーな餃子に舌鼓を打っていたのだ。タン。タン。タン。タン。米の旨さにこだわって、猿本自らわざわざ産地まで足を運んで吟味した大盛りライスも食ったのだろう。そして、すうぷ、も。難儀なことだ。

でもその丸く膨らんだ腹を目掛けて紀田は銃弾を発射すればいいのだ。そのときに鳴っている歌は勿論、餃子の歌ではない。その、歌声は以下の歌声にかき消されるだろう。

膨張する。資本家が膨張する。膨張する。税金が膨張する。膨張する。嬶《かか》ァのお腹が膨張する。生活費が膨張する。ア、ノンキだね。という歌。

つまりは怒りの銃弾なのだ。猿本、君は、それを受けてきりきり舞、こまねずみのように舞って路上に崩折れるがいい。心の中では君を愛していることさえ僕らはできるのだ。僕たちは天上を撃つ。高山を撃つ。自然を撃つ。雪景色を撃つ。椋鳥《むくどり》を撃つ。あらゆる尊貴なものを撃つ。どんな醜いものでも撃つ。撃ってみせる。そして、出撃だ。そのとき僕らは笑っている。

俺はニヤニヤ笑いながら紀田に言った。

「じゃあ、行ってこいよ」

「え、ど、どうすれば」

紀田は顎を押さえて言った。

「どうもこうもない。早くしないと行ってしまうじゃないか」

「ええ、でも」

猿本は猿本を送って出てきた数人の女店員のうち、背の高いリーダー格の娘となにか話している。おそらくは運営上の注意・助言を与えているのであろう。その傍らでは背の高い黒背広を着た男が、携帯電話で誰かと話しながら、伸び上がるようにしてきょろきょろしているのは、少し離れたところに停車して待機している自動車を呼んでいるのだろう。

「クルマが来て乗っちゃったら撃てないじゃないですか。早くしてください」

「ええ、でも撃ってから、撃った後、どうすれば」

「とりあえず、真っ直ぐ交差点の方に、走るなよ、ゆっくり歩け。信号の向こう側で俺らドアー開けて待ってるよってに。乗り込んで交差点越えて、橋、渡ったらもう大丈夫やさかい」

「え？　僕、交差点、越えられるんですか」

「じゃかあっしゃ。早いこといかんかい。もうクルマ来よったやないかい」

黒塗りの自動車が心情庵の前に停まり、黒背広の男が後ろのドアーを開けた。猿本はなおリーダー格の娘と話していたが、やがて、その肩を、ポンポン、本当に、ポンポン、という感じで叩くと、振り返って自動車の方へ歩き出した。そのときの猿本と紀田の距離は約三メートル。上着の裾に拳銃を隠し、やや早足で歩いた紀田が自動車の真横にいたったとき、猿本はちょうど体を返して左足から後部座席に乗り込むところで、いま撃てば猿本の土手腹になんぼうでも銃弾を撃ち込めるというタイミングであった。

さらに都合のよいことにボディーガードも兼ねているらしい黒背広の体格の良い男は、左が運転席のその自動車の助手席に乗り込むべく、車道側に回ったところだった。

いましかない。撃て。自分が真っ先に楽しんで。

そう心に念じて注視していると、上着の裾を不自然に出っぱらかした紕田は、いよいよ、猿本に接近するや、老爺が溲瓶《しびん》に溜まった小便の捨て場所を探しているような足取りで歩いていき、そのまま、猿本のクルマの脇を通り過ぎ、二メートルばかり歩いて立ち止まり、左右にユラユラ揺れていたかと思ったら、こんだ、普通の、まったく普通の足取りで歩いて戻ってくると、後部座席に乗り込んで力なく、すみません、と言った。

俺と未無が無言でいると、乗り込んで暫くなにか話し合っていたらしい猿本のクルマが発進、未無はエンジンをかけ、これを追尾した。

これにいたって俺は初めて口を開いて言った。

「駄目じゃん」

「すみません」

「なんで撃たねんだよ」

「すみません」

「ちょっとピストル貸してみ」

「はい」

「うん。どこもおかしくないようにみえる。故障っつう訳じゃないんだな」

「はい」

「じゃあ、なんで撃たなかったんだよ」

「すみません」

「すみません？　やっぱ、故障だったのかなあ。ちょっとお宅を撃って確認してみようかな」

「違います違います違います。故障じゃありません」

「じゃあ、なんで撃たなかったの」

「ええ、撃とうと思ったんです。撃とうと思ったんですけど、なんか、いざ撃つとなると、なんか怖くなっちゃったんです」

「なにが」

「なにが、つうことないんですけど、なんか人を撃つということが恐ろしくて」

「それは人を撃つことそのものが恐ろしかったの？　それとも人を撃ってそのことによって報いを受けるのが恐ろしかったの？　それとも人を撃って失敗するのが恐ろしかった

の?」

「うーん。多分……、その全部が恐ろしかった」

「ああ、なるほど。ああ、なるほど。じゃあ、ぜんぜん大丈夫だ」

「ああそうなんですか」

「そうなんだよ。人はねぇ、人っていう生き物はねぇ、自分の知らないことを想像力によって畏怖するんですよ」

「で、なにが大丈夫なんですか」

「想像力をなくしちゃえばいいんですよ。未無、アレ、まだあったっけ?」

「ある」

「どこ?」

「あっしのポーチ」

「だから、そのポーチがどこにあるかっ、ってんだよ、馬鹿」

「助手席に決まってってっだろうが、蛸」

「箱」

「書っ」

手を伸ばして未無のポーチをとり、なかから、よく知らない、たまたまクラブで知り合った奴の大学時代の友人の知り合いの従兄弟で合成が専門の奴が密造した、服用すると一切の恐怖心がなくなり、一切の躊躇をすることもなくなり、といって幸福感があるという訳ではないが、ただ、与えられた目標に向かって最大の効果を上げるべく集中する、という、作ったはよいが、ちっとも楽しくないというか、これを服用しても、ただ最大の効果を上げるべく踊られる踊りを踊るばかりで、でもそんな踊りはなく、おもしろくもなんともないので誰も服用しないでゴミクズのように扱われていた錠剤である。

しかし、いまの紀田にまさに必要なのがこの錠剤だ。

「これは気持ちを落ち着かせる薬だ。さ、これを嚥んで、男の度胸と筋肉を盛り上げていけ。ドドンガホイ、ドドンガホイ、ア、ソレッ、ドドンガホイ、ドドンガホイ」

運転中の未無もこれに協力、そこまでやってやっとこさ紀田は珈琲で錠剤を嚥《の》んだ。それでも何度も何度も、「毒じゃないですよねぇ」と気弱に確かめつつ。毒に決まってるだろう、馬鹿が。

西の交差点を越え、暫くはこれまでと変わりがない、ポルノショップ、風俗案内所、ラーメン屋、牛丼屋、かもじ屋、不動産屋、タバコ屋、パチンコ屋、カラオケ屋、金券ショップ、弁当屋、金融屋、天井屋、麻雀屋、漢方薬屋などが建ち並ぶエリアを走っていると、右から猿本のクルマが追い抜いていって、こりゃ好都合と追随、何町か走ると、両側に中間的な印象のある領域が次第に生起してきて、それは例えば色でいうなら、これまでの赤や黄に比べるともうすこし落ち着いた中間色って感じで、店は変わらず並んでいるのだけれども、その店も、一見したところ何屋なのかはわからない、けれども、そこでやり取りされている金高は最低でも五〇〇〇円くらいなのだろうか、と思う感じの店が、ビルの一階、または、前庭や車寄せのある宅、広場様になっていたり、公共のスペースになっていたり、パブリックアートのようなものが置いてあったり、ってそんな感じで建ち並んでいたのであった、であった、であった、と、ディレイ的だった。死に絶えたように人通りがなかった。

こんなことが生起していくのは俺がこんなことをやっているからなのだろう。でも仕方がない。俺は俺の魂を守らなければならないし、そのためには紀田のような奴が二度とふざけたことを書かない、書けないようにしなければならない。猿本なんて奴はそのために生起したような糟《かす》だ。糠《ぬか》といってもよい。叩き潰されて当然だ。ただ、こんなエリアの生起は猿本の腐り切った精神が関係しているのかも知れない。その猿本は現実との紐帯《ちゆうたい》、なんて綺麗なものではない、現実に菌糸をばらまいてコロニーを拡大しているのだから、それはそれできちんと拭き取らなければならない。その両方のことをいまからやる。いまか

らやる。いまからやる。

その後を突っ走ればあの橋が架かっている。あの川をもう一度、越えることができるのだ。

がんばろ。マジ、がんばろ。自分の短歌、守ろ。つか、自分。守ろ。

決意してると、未無が不意に、

「ゆ?」

と言って左前方を指差した。

猿本のクルマが路肩に停車しようとしていた。そしてその先に同じような黒いクルマが三台、停まっていた。

「とりあえずちょっと先に停めますね」

そう言って未無は、少し先の路肩にクルマを寄せて停まった。振り返って見ていると、クルマから猿本が降りてきてた。じゃあ、俺、ちょっと確認してくるわ、つって、クルマを降り、ふらあっ、と、本当に、ふらあっ、と、裕福で満たされていて人を攻撃する気持ちなんてまるでない、ただにこやかに毎日を生きて週末は湖畔の別荘で釣りをしている。年が明けたらやきものを本格的に始めてみようかな、と思っている男の心で、猿本の方へ近接していき、黒背広の男とともにクルマから出てきた猿本の前をいったん通り過ぎ、その先の交差点に面した間口の広いカフェの前で、突然、電話がかかってきた振りをして電話を耳に当てて会話をする体で様子を窺った。あたりにまったく人通りがなかった。

カフェの建物は歩道から引き込んで、その引き込んだ敷地にテーブルとチェアが並べてあって、人々が午を食べたり、喫茶しつつ語り合うなどしていた。そのカフェの隣のビルの一階の店に猿本は入っていった。どんな店なのだろうか。個人的な興味もあって、電話を耳に当て、「あ、はい。あ、はい。え？　あ、はい」なんて虚しい演技をしつつそっちに歩いていって見ると、そこは「phon 起縁」という古美術を扱う店であった。

なる山ほど蔵、俺は小さく呟いて電話をしまい、クルマに戻った。

「イエイ、ウェイ、オホホホイ、ゴッホ、ゴッホ、ガッホ、ガッホ」

「どうだった」

「見ていてわかったと思うけれど、猿本はあの店に入っていった。古美術商、骨董屋だ。そしてその向こうはカフェになっている」

「ってことは、あのカフェの外席でお茶してる人になりきって、出てきたところを撃てばいいってこと？」

「君の言う通りだ。エレン」

「じゃあ、そうしましょ。ええっと？」

「僕はクルマで待機しているよ。撃ったらエレンはそのままどっか行っちゃって。ビリーはこっちに全力で走ってこい。そのまま、大橋まで突っ走る。エレンとはこれっきりおさらばだ。いいな、エレン」

「ええ。大義のためだもの。寂しいけど陰毛よ」

「じゃあ、君たちは恋人同士を装ってカフェに行け。僕は運転席でキリストが譬《たと》え話で話すことと僕たちが互いをコードネームで呼び合うことにどれほどの共通点があるのか／ないのか、ということについて考え続けているよ」

「わかったわ」

「了解に決まっとるわ」

そう言って未無と男の度胸が薬で決まった紕田がクルマを降りていった。俺はバックミラーで二人の姿を眺めていた。妬《や》けた。なぜなら二人が本当の恋人同士であるようにみえたからである。そんなとき、俺はひとりで運転席に座り、父と子と精霊について考えている。誰が父で誰が子で誰が精霊なのだろうか。未無が父で俺が子で紕田が精霊なのだろうか。なんか違う、と思う。なぜ郵便局で爆弾を買えないのだろうか、とも思う。そしたらみんなもっと自由になれるのに。テロなんてただの心の昆虫だ。私はテロを怖れない。この後、和食処に行こう。

四十分くらい、そうしていただろうか。そうしているうちに段々、飽きてきて、もうなんか家に帰って寛ぎたいな、と思う気分が湧いてきた頃になって、やっとこさ、ホント、やっとこさ、って感じで猿本が店から出てきて、俺の憎しみは募った。こんなに俺を待たせるなんて、こいつだけは本気で殺さなければならない、という気持ちになった。

猿本は一人で出てきたのではなかった。黒背広の他に金縁眼鏡をかけた丸顔、唇のぶちゅっとした感じの和装の男とその取り巻きのスーツ姿なれど鋭角的な気配を周囲に発散する男と、そしてもう一人、くわわ、村ヒョゲ滝麻と一緒に、phon 起縁、から出てきた。

俺は、なるほど、と思った。和装の男の顔は「週刊マジの話」の記事に見たことがあった。広域暴力団・笑気組の六代目組長、岡持正常である。岩手県の寒村から上京、上野の中華料理店で働きながら苦学の末、慶応義塾大学文学部通信教育課程を卒業後、そのまま出前持ちを続けるも限界を感じ、心機一転、博徒に転身、忽ち武闘派として頭角を現して、補佐、本部長、若頭など要職を歴任、ついに六代目組長にまで昇りつめ、四万人の構成員のトップに立った男である。

そいつと猿本がなぜ、と普通なら思うところであるが、俺はすぐに、ピーン、ときた。そこに村ヒョゲ滝麻がいたからである。そして、いままで居た店は古美術商。つうことは、そう、やきもの、である。

名は体を表すというが、噂によると岡持正常は異常なくらいに正常な男である。なんら変わったところがない。なにをやるにも正常なやり方でやる。出前持ちも正常な形でやったし、その武闘ぶりも極度に正常で、そのあまりの正常な感じをみなが怖れた。その正常な正常は功成り名を遂げ、そろそろ自分も趣味を持とうと決意した。決意して選択したのが、屍体愛好、伝染病にあえて罹患《りかん》する、切腹、といった異常な趣味ではなく、やきもの、の鑑賞・収集という、きわめて正常な趣味であった。

そして、猿本もまた、やきもの、に凝ったのだろう。というか、この男の場合、美食なんかもそうだが、凝った・淫した、というよりは、カネができて、ただ、カネだけがあって、メシといえばファミレスかマクド、趣味といえばニンテンドー、なんつってるようじや、ビジュアル系バンドも同然だ。その段、自分はもっとエレガントにいったる、というので、ぐっと渋く、やきもの、なんてのを勉強し始めたのだけれども、なんしよガツガツしたこの男のこと、趣味で始めたのにもかかわらず、少しずつわかってくるにつれ、どうせならこれを商売に、っつうので、テキトーな目利を支配人に据えて出したのがこの、phon 起縁、なのだろう。

そしてその支配人なるものが、ははは、村ヒョゲ滝麻、つってまあ、いずれにしろマスコミ系というか芸能系というか、顧客も、「やきもの、くるよ」なんつって、やきものブームを目論む猿本のゲームに遊び半分で乗った方たちで、猿本は、いずれはそんなことが……、と夢想したが、マジな陶芸業界や茶湯の関係者には黙殺されていた。

そんな店に岡持正常が出入りするのはきわめて頷ける話で、本来であれば村ヒョゲ、岡持邸に参上すべきなのだろうが、そこは、相手かまわぬ図太さ、押しの強さが身上、根拠のないまま、なんだかよくわからないうちに権威、みたいな立場に立つことで、これまでやってきた猿本、岡持に対しても慇懃《いんぎん》ながら、やきものの先生、という立場で、「一度、ギャラリーにいらしてください」みたいなことを言ったのだろう。

それでこんなことになってるのだ。ちょっと面倒くさいかな。と、思ってバックミラーに映る、紀田の様子を窺うと、それまで真の恋人同士のように、額をくっつけてストローを弄くりながら未無と話していた紀田、ゆらっ、と立ち上がり、懐に手を入れて、タタタタタ、猿本の方へ歩き始めた。未無は既に東の方へ歩き出している。

至近距離まで近づいた紀田、クルマに乗り込み、窓越しに最敬礼している猿本の首筋目掛けて、パーン、一発、打ち込んだ。パーン、パーン、パーン。さらに三発。

猿本はその場に崩折れる。そのとき既に発進していた黒いクルマはいったん停まるが、ただちにまた走り出す。岡持正常が正常に判断したのだろう。打合せ通り、紀田は駆け出したが、いかんせんアキレス腱を切断されているので、追いかけてきた村ヒョゲにただちに捕まってしまう。仕方がないので俺はクルマを発進させた。俺まで捕まってしまっては嫌だからだ。それより俺は正午の光のなかで歌いたいのだ。なんの歌を？　そのときはそれがなんの歌なのか、どんな歌なのか、俺にはまだわからなかった。


午前の清浄な感じのする光が差し込む渋谷のお部屋でソファーなのだけどもむしろそれをソーファとあえて間違えて呼びたいような黄土色と茶褐色が婚姻したのだけれども揉めてばかりいる、みたいな色合い・風合いのソファーに腰掛け村ヒョゲ滝麻は、

「いやあ、まいったよ。参ったよ。マイッタヨ」

と、ニュアンスを変えて三回言った。

「なにがそんなに他員やったんや。下因やったんや。よこや座らす」

「いやー、だってさあ、結構、いろんなことやったんだよ」

と、村ヒョゲが言うのは他でもない、紆田両奴、の一件である。

走っていって紆田を殴り倒した村ヒョゲは取りあえず、phon起縁、に紆田を連れ込んだ。それから、下腹のあたりがズクズクの猿本に駆け寄って救助しようとしたところ、まだ、呼吸があるようなので、救命措置をしようとして、臭っ、と言って顔を背けた。猿本

は狙撃された瞬間、恐怖のあまり下痢と小便を垂れ流したらしく、周囲のズクズクは血液ではなく、下痢便と小便の混淆物であったのであり、つまり、どこまで鈍臭い男なのであろうか、紀田の放った銃弾は、至近距離からであったのにもかかわらず、一発も命中しておらなかったのだ。

村ヒョゲは顔を背けつつ、猿本を店に引き摺っていき、女店員に介抱させた。

正気づいた猿本は怒った。

普段、せんど偉そうなことを言って、人生訓みたいなことまで言って、女店員たちをぷろでゅうすしている猿本が、恐怖のあまり、下痢便と小便を垂れ流して気絶してしまったのである。こんな恰好の悪いことがあるか。怒った猿本は一時的に発狂したような・錯乱したようなことになり、トイレで尻を洗って出てきたなりの、下半身丸出しルックで表へ出ていこうとしたり、女店員に、人間としての基本的な徳目を述べたてるなどしたという。

二時間後、phon 起縁、を臨時休業とし、女店員を近所のファッション・センターに遣って買ってこさせた安物の衣服を身に着けて、上下、アンバランスながら、一応はまともな人間らしい外観と、まだ、プンプン怒っておりながら、一応は人と話せるまでくらいの精神の平衡を取り戻した猿本は、たとえそれが嘘でも警察に連絡しましょう、と言う村ヒヨゲに、その必要はない、と言い、そして紘田を地下室に連れていくように、と命じた。

猿本はああいう人間なので自分がプロデュースする店には必ず地下室を作っておくのだそうだ。

猿本は、用途がない地下室は心に安らぎを与えるときもある、と村ヒョゲに常々、語っていたらしい。

村ヒョゲが、「そのときの様子を録画してあるがみるか」と言ってコンピュータを開いた。

もちろん俺はそういうものがみたい性分だ。人間が軽薄なのだ。そういうところはこれから直していきたい。そして自分のよい部分を伸ばしていきたい。

そんなことを思いながら俺は画面を見ていた。

二十畳大の地下室はガランとしている。倉庫のように使われているということもなく、家具もなにもなかった。壁も床も剝き出しの混凝土、空調の吹き出口はあれど、天井板も貼ってなくて、配管がモロに露出している。床には湿気でばんばんに膨らんだ漫画雑誌、錐、ガラスの破片、ビールケース、軍手などが散らばっていた。

その部屋の真ん中よりやや奥の壁寄りにパイプ椅子。そのパイプ椅子にガムテープと荷造紐で両手両足を縛られたうえで椅子にも縛り付けられた紘田両奴が座っている。首を左下に傾け、上目遣いで左の壁のあたりを見ているのは、なるべく視線を動かさないで状況を把握しようとしているように見えるが、すっかりうちひしがれている人のようにも見える。紀田の背後に木のドアーがあるのはトイレだろう。左の壁にある鉄ドアーは隣の部屋に続くドアーだろうが閉ざされている。

カメラが不安定に揺れ、ときおり意味なくズームインしたり、ズームアウトしたりするのは、カメラの使い方を確かめているのであろう。突然、壁が映ったり、天井が映ったりもする。

「随分と目の疲れる画面だな」と村ヒョゲに言うと、村ヒョゲは、「これ、俺が撮ってんだよ」と得意げに言い、それから、「大丈夫だよ、この後、三脚、使ったから」と言った。

村ヒョゲの言った通り、一旦、ブチッ、と切れた後、再び、映った画面はもはや揺れず、目も疲れなかった。それはよかったことだ。あまりにも目が疲れると自分のよい部分も伸ばしていけないし、人に思い遣りも持てない。

くぐもって反響する声がした。

「君の名前はなんですか」

猿本の声である。ねちっこく絡み付くような声だった。猿本は紀田の名を問うていた。

にもかかわらず、紕田は不貞腐《ふてくさ》れたように下を向いたまま答えない。暫く沈黙が続いた後、再度、

「答えてください。こっちを見てください」

という声がして、顔を上げてカメラのやや右を見た紕田の全身が硬直した。

「もう一度、聞きます。あなたの名前は」

「紕田両奴」

紕田はしわがれた声で言った。

「紕田両奴？ 心当たりないなあ。ヒョゲちゃん、知ってる？」

「いえ、知りませんねぇ」

という猿本と村ヒョゲの会話を聞いて紕田は不愉快そうに唇を歪めた。あんなくだらない、俺を怒らせるような文章を書いているくらいだから、勿論、紕田の本はあまり売れていないし、一般の人は紕田の名前を知らない。猿本のようなメジャーなマスコミ人種も知らない。にもかかわらず紕田は自分はけっこう有名、と思いこんでおり、いろんな窓口や受付で、「私を誰だと思ってるんだ」などと言ってぶち切れ、真顔で、「知らん」と言う相手に、「俺はけっこう有名なんだよ」と口走るなどという激烈に恥ずかしい愚行を演じているのであり、ガムテープで縛り付けられて監禁されているという状況にあってなお、俺

を知らぬのか、と不服そうにしているのである。呆れた男だ。

「その紀田、なんだっけ」

「紀田両奴」

「そう、その両奴がなんで僕を狙撃したのだろうか」

「言いたくない」

そう言って俯き、次に顔をあげた瞬間、紀田の身体がまた硬直した。

「僕は名誉を重んじる人間です。自分の名誉を守るためだったらどんなことだってします。これは冗談事ではありません。君がそういう態度をとるのであれば僕はあなたを撃ちます。僕の名誉を守るために！」

というのはどうやら、猿本は銃を構えているらしかった。俺は村ヒョゲに確認した。

「これ、ピストルかなんか持ってんの？」

「そう。こいつが持ってたやつ」

やはり、そうか。と納得したが、もうひとつわからないことがあったのは、猿本が、僕は名誉を重んじる人間です、と語り始めたとき、どこからともなく、安いテレビドラマの感動的なシーンのバックに流れるピアノ曲のようなピアノ曲が流れてきた、ということで、俺はまた村ヒョゲに問うた。

「これさあ、別にいいんだけど、このピアノの曲なんなの？」

「これは、脇にいる女の子がかけてるんだよ。猿本が決め台詞みたいなの喋り出したら必ずこれ流すことになってんだよ」

「マジ？」

「マジ」

「紙だね」

「紙、紙。紙の箱」

「根っ、ってわけか」

つってる間にもピアノ曲をバックに猿本は語り続けていた。

「……というわけで僕はなによりも、極端な言い方をすれば僕は僕の命よりも僕の名誉が大事だ。僕はあなたによって失われた僕の名誉を回復しなければならない。それは僕に課せられた僕の神聖な義務だ。そのためにはあなたの協力が必要です。あなたがすべてを僕に話してくれれば僕は納得するかもしれない」

そう言って猿本が黙って暫くするとピアノ曲がやんだ。

そして猿本の話を聞いた紀田の態度が裏返った。屈辱的な仕打ちを受けてムカついていたし、いかんともしがたい状況に捨て鉢になって拗ねたような態度をとっていたのが、すべて真実を話せば、或いは、猿本が納得して解放されるかも知らん、という希望的な見通しを抱いた紕田は、急に迎合的な態度をとったのだ。紕田は、最初は強《こわ》ばった顔で、途中、懇願するような顔、最後はときに好ましい笑みをうかめて次のように言った。

「わかりました。順を追って話します。全部、話します。私は作家です。小説を書いて生計を立てています。ご存じないですか」

「知らん。ヒョゲちゃん知ってる?」

「知りません。君たち、知ってる?」

「知らなーい」

「え、わかんない」

って声がして、その場にいるのが、紕田両奴、村ヒョゲ滝麻、猿本丸児、と女店員二名であることが知れた。

「そうですか。じゃあ、後で検索かけてみてください。で、とにかくそんな稼業をしているると、熱心な読者から手紙を貰ったりします。なかには随分とイカレた手紙もあります。はっきり言って不愉快な気持ちになることも多いです。あなたも立場上、そういうことないですか」

「そりゃあ、ありますよ」

「でしょ。僕もそうなんです。ただ、僕は人間のこと、人間のすることを書くのが仕事である僕にとって、そうした手紙が創作上のヒントになることもあります。人間は誰でも心のなかに制御不能な奔馬を、いえ、狂馬を飼っています。その人間を描くとき、そうした手紙には屡々《しばしば》、重要なメッセージが隠されている場合があるのです」

「へえ、そういうもんなんだ」


「いまのおまえ?」

「そう。俺」


「そういうものなのです。そんなことで僕は、ある小さな文芸雑誌にそうした手紙を参照した文章を発表したんですね、そうしたら、それを読んだ手紙を出した奴が、猛烈に怒って、とっても卑怯な、人間として許せない卑怯な手段を使って僕を監禁しました」

「え、じゃあ、あなたは監禁されてたのですか」

「はい。僕は監禁されて、家に帰して貰えなかったのです。そして、ちょっとでも奴の気に入らないことを言ったりしたら二言目には、殺す、と脅され続けましたし、事実、怪我もさせられました」

「それは酷いですねぇ」

「こいつ、嘘、ばっかり言うとんな。あと、猿本、なに言ってんだよ。まったく同じ状況じゃん」

「だよねー」

「って、おまえが笑うな」

「まあな」


「で、なにをすれば帰してもらえるのか、というと、自分の気に入るような短歌を作ったら帰してやる、というのです。キチガイのいうことは本当に訳がわかりません」

「で、どうだったんですか」

「駄目でした。作るには作ったんです。文学的には一定の水準をクリアーしたつもりですが、相手はキチガイなので作品を正当に評価できず、それどころか悪罵を投げつけてきました」

「それは気の毒なことだ」

「でしょ、そいで次には、ラーメン屋をやれ、って言ってきたんです。そしたら、帰してやる、って」

「なんでそんな不毛なことを?」

「まったくわかりません。ただ、僕が苦労するところを見て笑いたかっただけなのかも知れません。あなたは実は僕の店にいらっしゃってそれをブログに書いてくださったでしょう」

「ああ! あれが、君。あーれは、うまかったなあ。また、食べたい。あれには僕も随分とインスパイアされたなあ。あ、そうか。全然、わからなかった」


「白っ」

「だははは」


「そうなんです。でも、これも難癖をつけられて帰してもらえませんでした。それで最後に言われたのが暗殺です。奴はあなたに恨みを持っていた。あなたの成功を妬んでいて、あなたさえいなければ自分がその地位にいたはず、というなんの根拠もない妄想を抱いていたのです」

「なるほど。僕はあなたに同情しますが、ひとつだけ尋ねていいですか」

「はい」

「自分が助かるために人を殺していいんでしょうか」

「は？」

「自分が助かるためになんの関係もない他人を殺してもいいんでしょうか？」

言われた紀田の顔が夜の終点のようになった。終盤のけだもののようになった。紀田は本音で言えば、じゃかましい。おまえが俺の業態をパクったから俺は帰られへんかったんやんけ、と言いたかったのだろう。しかし、それを言うと、猿本に迎合できない。この苦境から脱出できない。そう考えた紀田はまた嘘を言った。

「もちろんいけないことです。でも僕はあのときライフル銃で狙われていました。撃たないと僕が撃たれたんです」

「だからといって関係のない人間を殺すんですか。同じ問いをもう一度、問います。あなたは自分が助かるために僕を殺そうとしたんですね」

「違います」

「どこが違うのですか」

「そのことについて僕は悩みました。最初から最後の瞬間まで悩み抜きました。自分が助かるために人を殺していいのか？　もちろん、いけないことだ。いい訳がない。でも、僕は生きたい。生きていたい。死にたくない。悩み悩んだ末、結局、弱さに負けて、呼吸をとめ暗夜に霜の降りるがごとく引金を引いた、そしてその刹那、僕は無意識裡に銃口を右に逸らしていました。一人の命は全地球より重い。一分の良心が九分の恐怖心に打ち克ったのです。しかし、このままでいくと仕損じた僕は当然、殺されます。でも、いいや、と思いました。僕は不当に人の命を奪うことをしなかった。少なくともしなかった。それで死ぬのなら死んでも悔いはない、と思ったのです。そう思って瞑目、手を合わせて念仏を唱えていると、あいつらのクルマが急発進して西の方へ走り去りました。どういうこと？と思って目を開けるとあなたが倒れていました。Really? 俺は狙いを外したぜ、と思ったのですが、やってしまったものは仕方なく、しまった、と思いながらも、急に怖くなって逃げ出したところを、そこの人に捕まってしまった、というのが真相です。ところがあなたは生きていた」

紀田がそう言うのをみて俺は、小説家にだけはなりたくない、と思った。小説家になったら人間は終わる、と思った。しかし、猿本はそうは思わなかったのだろうか、実際のところはわからないが、言った。

「大体の事情はわかりました。私はあなたは被害者だと思います」

「ええ、僕の実感としてもそうです」

「ただし」

「え？」

「僕の名誉はこれで回復されたと僕は思わない」

ピアノ曲が流れ始めた。猿本の呟くような、そこにいない誰かに語りかけるような声が、身を硬くしている紅田両奴が映る画面に入ってきた。

「それは、あなたは被害者かも知れない。犠牲者かも知れない。ただ、それはそうとしても僕はどうなるのだろうか。いや、僕個人、なんて小さな問題ではない。僕には家族がある。それに僕の言葉を信じてついてきてくれる、店のみんな、スタッフのみんな、クリエーター、株主様、お取引先様、代理店の方々。そして、なにより、僕たちの表現を信じて、いつも僕たちにパワーを与えてくれるファンの方々。そんな方々はどうなるのだろうか。はっきり言おう。みんな仲間だよ。でも、僕がうんこをちびったっていうことははっきり言って裏切りだよね」

というところでいったんピアノ曲がやみ、五秒後、ピアノ曲が鳴り、その一秒後、猿本の声が入ってきた。

「その仲間を裏切るなんて、僕にはつらい。つらすぎてできない。僕はどうしてもこの男を許すことができない。だから僕は決断するしかない。ああ、でも、それもまた僕にとっての苦しい選択なのかな。しかし、なんだっけ？　糺田両奴さん？　僕は君にある提案をせざるを得ない」

と猿本が言った。ピアノ曲が鳴り続けている。

「糺田さん。闘おうよ。男らしく、闘おうよ。それで恨みっこなし、ってことにしようよ」

というところで画面が、ブツッ、と切れた。

「切れちゃってんじゃん」

村ヒョゲに文句を言うと、「ちょいま」と言って村ヒョゲ、コンピュータを操作、同じ地下室の映像が現れた。けれどもなんだか感じが違っていた。

村ヒョゲによると、猿本は糺田に、タイマン、すなわち一対一の勝負で決着をつけよう、と提案したのだった。日時は翌日の亥の上刻、場所はこの地下室で、名誉をかけて一対一で闘おう、というのだ。

なぜ、いい大人で銭も稼いでいる猿本がそんな馬鹿げた提案をしたかというと、狙撃され、恐怖のあまり失神したうえ失禁したのを女性従業員にみられたというのは猿本にとって耐え難い屈辱、許せない恥辱で、糺田両奴と闘って、鮮やかに勝利することによって、その情けないイメージを払拭、やはり、猿本は頼りがいのある、恰好いい指導者だ。やるときはやる人だ、これからも猿本の指導を受けて頑張っていこう、と女性従業員に印象づけ、糞尿を垂れ流したイメージを払拭したかったかららしい。

しかし、勝算はあるのか。紀田も弱そうな男だが、背が低く小太りで眼鏡をかけて天パの猿本が喧嘩が強いとはけっして思えない。

しかし、そこは策士・猿本のこと、ぬかりはなかった。

猿本は紀田の体力・気力を予め奪う戦術をとった。

どういうことかというと、猿本はこれから帰って休息をとり、おいしいディナーを食べて、ゆっくりお風呂に入って、マッサージをしてもらって、その後、少し読書して読書に倦んだら清潔なベッドで眠る。

翌日、朝食にフルーツを食べ、午前中は会議。午、心情庵に行き、午後は夜のバトルファイトに備えて、軽い事務連絡などをこなすにとどめ、夕方からジムに行って筋肉をほぐし、夜は軽食を少しだけ食べ、その後は、自室でイメージトレーニング、という万全の態勢で臨む。

それに比して、紀田はどうか。

基本的に監禁されている紀田は、さすがに縛《いまし》めは解かれたが、地下室から出ることを許されない。与えられた食事はソイジョイ三本、ザッツオール、である。地下室にベッドなどはもちろんなく、また、ブランケットなども与えられず、紀田は混凝土の床に直にゴロ寝するより他ない。また、天井から、殺風景な部屋に似合わぬシャンデリアと、いくつかの剝き出しのライトが垂れ下がり、いずれも煌煌と明かりが灯って、しかし、スイッチや調光つまみらしきは隣の部屋にあるのだろう見当たらず、眩しくて寝ちゃあいられない。

　ならば、やや広めのトイレで寝よう、ここならスイッチがあって、暗くできる。狭くて落ち着く。というようなものであるが、それもできないのは、地下室は元・店舗であったらしく、天井にスピーカーが埋めこんであって、そこからAVの音声が一晩中流れていて、気になって眠れぬ。

　というのも猿本の謀略。

　闘いの時間を亥の上刻、午後九時頃、としたのも表向きは、猿本は仕事が忙しいから、という理由であるが、もちろんそれは嘘で、なるべく長時間、待たせて紀田を精神的に追いつめるためである。

　というのは実際に有効だったと思われる。

　亥の上刻、とは聞いているが、地下室には時計がなく、また、窓もなく、持ち物はすべて取り上げられているので、いまが何時なのかもわからない。誰かが進行状況を伝えにくる訳でもなく、どれくらい時が経ったのかもわからぬまま、膝を抱えて待つのみである。そんなことをするうちに腹が減ってくる。喉が渇いてくる。水はトイレの水道水を飲めるが、食事がいつ運ばれてくるのかもわからない。或いは、このまま亥の上刻まで飯抜きなのか。どっちなのか、わからない。いまは何時なのだ。飯はいつ貰えるのだ。せめて、それだけでも教えてくれ、と激しく思い、扉をどんどん叩いてみるが、応答はない。喚き散らしながら暴れたり、床をゴロゴロ転がったり、ヤケクソで歌ったりするが、そんなことをしてもなににもならず、気が狂いそうになってくる。ぐんぐん追い詰まっていく。涙が流れる。そしてそれでも腹は減る。飢餓と渇仰《かつごう》の大波に飲み込まれ、自分というものが砕けて粉になる。

みたいなことに紕田はなったに違いない。

という訳で、猿本と紕田のコンディションの差は甚だしかった。

これならいくら弱い猿本でも楽勝で倒せる、と、こういう寸法になっているのであった。そして。

再び映し出された画面。こんだ、ちゃんとしていた。といって、でもプロフェッショナルが撮った感じではなく、やはり素人っぽいのだけれども、一応、会場の全体の雰囲気、紕田と猿本、両者の表情・様子、これを見守る聴衆の様子などが写してあって、撮影した者の、状況を伝えよう、という意志が感じられるものであった。

会場といっても、とくにリング・土俵のようなものが設営してある訳ではなく、床に散乱していた雑物を壁際に片寄せただけである。画面の左側、すなわち入り口ドアーから見て奥の壁際に紀田が膝を抱えて抜け殻のように座っている。画面右側、画面の奥、入り口から見て右側、床の雑物を片寄せた壁際には心情庵の店員たちが気落ちした人のように床に直接、座り込んでいた。現状で、カメラのある側、すなわち、入り口ドアーからみて左の壁側には、phon起縁の店員たちが、パイプ椅子に座って、髪に手をやったり、スカートの裾を引っ張ったりしていた。

そこに猿本の姿はまだなく、人々が、「あ、電源、落としてきたかなあ」「ミル貝、楽勝っしゅ」「てっ、しゅっ、って」「あーあ、やっちゃった」「はははははは」「濱中君ってなんか俺カッコいいと思ってるみたいな」「そうそうそうそう」「昨日からやり直したいよね」なんて私語するのが録音されていたが、ふと私語がやみ、粛然とした雰囲気になってカメラが入り口ドアーにパンすると、そこに猿本丸児が傲然と立っていた。

オレンジ色の、ぴったりした競技用のウェア。腹の丸みが目立つ。しかし気にする様子もなく、むしろ、かっこいいと思っているようにみえる。股間がくんくんに盛り上がっている。頰がバラ色に輝いている。ふんふんする鼻息が聞こえるようである。天パ。

脇に村ヒョゲ滝麻。他人事のような顔で立っている。猿本、眼鏡を外すと、村ヒョゲに渡す。村ヒョゲ、両手でこれを受け、ケースに入れて隠しに納めると、猿本、村ヒョゲの耳に何事かを囁く。うんうんうんと頷いていた村ヒョゲ、猿本が話し終えるや「了解」と口では言わない手で言って、まっつぐ部屋を横切った。横切った先には疲れ果てた紀田。無気力に踞《うずくま》っている。その紀田を見下ろして村ヒョゲは言った。

「あの、いいですか。そろそろ時間なんで」

「あー、はい」

とそう言って紀田は立ち上がった。ようやっと立ち上がった、という感じだった。

「じゃ、こちらへどうぞ」

村ヒョゲに言われて紀田は跛をひきもって歩き始め、村ヒョゲに、「ここで、少々、お待ちください」と言われて立ち止まった。

そうして紀田を待たせておいたうえで村ヒョゲは猿本のところへ行った。村ヒョゲは猿本に何度か声を掛けなければならなかった。なぜなら、猿本は、村ヒョゲが紀田のところへ声を掛けにいっている間それを待っている、ということに、実際上なるのだけれども、人を待たせることはあっても、自分が人に待たされることなんてあり得ない、と自らを演出、本物のアスリートとも対談し、『あいするひとへ、とびっきりの肉体』（遠投社・一二〇〇円）という対談本も出している猿本がその間、筋肉をほぐしたり、闘いに向けて精神を集中することに余念がない、という演技をしていたからである。

頻《しき》りに首を左右にカクカク振ったり、その場でランニングのように足踏みをしたり、膝の曲げ伸ばし運動をしたり、小さく跳躍したり、そうと思えば、自分で自分の頬を痛くない程度にペチペチ叩くという不毛な行動を繰り返すのである。

何度か村ヒョゲに声をかけられ、ようやっと気がついた。没入していたのでまったく気がつかなかった、という演技・手続きを経て、いよいよ、猿本は紅田が、ぼう、と立つバトルフィールドに進んだ。そして言った。

「僕たちはこれから闘う。その闘いはあくまでも公平なものだ。強い者が勝ち、弱い者が負ける。それ以上でも、それ以下でもない。そうじゃないのか」

そう言いながら猿本が客席を見ると、「イエエエエエエエェィ」という複数の、軽い、でも、ある意味重い声が響いた。

その声に推されるような感じを作って猿本、部屋の中心部に進み、僕は君を許せない、と言った。

「僕はねぇ、君を許せない。それは前にも言ったと思うけど、僕は名誉を重んじる人間だ。そのためだったら死んでもいいと思って言った。え？ ピアノ？ いまはいい、とにかく。そんなピアノとか抜きにして僕たちは闘おう」

そう言って猿本は部屋の真ん中にぼうと立っている紅田のところまで歩いていき、顔面をくんくんに近づけて目を剝いた。目が小さいのでまったく怖くなく、むしろ笑う感じであった。紀田は疲れ切ったような半泣きの顔だ。

とくに式次第というものはなく、闘いは唐突に始まった。

最初に手を出したのは紀田である。

猿本があまりにもくんくんに近づいてくるので思わずこれを押しのけたのである。これを先制攻撃をされた、ととらまえた猿本、激怒して、やりやがったな、と怒鳴ると、一歩退き、おおおおおおっ、とアニメっぽく喚きながら、紀田に殴り掛かった。紀田は両の手で顔をかばったが寝ていないのが災いして足がもつれて後よろけ、転倒、猿本はこれに覆いかぶさるようにのしかかって紀田の顔面をペシペシ殴る。左手でこれをかばいつつ紀田は右手で殴ってくる猿本の喉笛をつかむ、苦しくなって猿本、横倒しに倒れ、こんだ紀田がのしかかるような恰好になって上から拳を落とす、痛い痛い痛い痛い痛い痛い、と猿本は絶叫しつつもがき、左右の手をケムール人のようにばたつかせていたが、なんの拍子か、腕が紀田の額にぶつかったとみえたその刹那、紀田は、あがあああっ、と絶叫して横に転がり、見ると紀田の額に錐が突き刺さっていた。

床に転がって昆虫のように悶える紀田。それへ目掛けて猿本はニードロップをかまし、ぐわっ、と呻く紀田の、錐の突き刺さった額、目掛けて、ぐわん、渾身のパンチを振りおろした。

ぎいいいっ。紕田は呻き、口から泡を吹いて動かなくなった。これにいたって猿本の勝利が確定した。猿本は立ち上がり、興奮はさめやらないし、憤懣《ふんまん》やるかたない、みたいな口調で息を荒らげ、

「はあっ、はあっ、はあっ、畜生、俺は、はあっ、やったよ。おまえを、ついに、はあっ、はあっ、倒したよ。はあっ、おまえはなあっ、はあっ、紕田、最高の好敵手だったよ、はあっ、はあっ、最高だったぜ」

と演技的な口調で言い、そして、演技的に倒れている紕田の胴に一発、蹴りを食らわせると、胸の前で両の拳を固め、やや膝を曲げ口を開いて天を仰ぐような仕草をしたかと思ったら、右の拳を天に突き上げ、だああああああっ、と絶叫した。

女の子たちのまばらな拍手が地下室に響いて、ブツ、と映像が途切れた。


村ヒョゲによると、その後、紕田は解放されたらしい。そして、どういう経路を辿ったのか、方南町の自宅に戻ったらしかった。

「どうやって帰ったの?」

問うと、村ヒョゲは、

「わかんねぇ、なんかふらふらだったし、頭、痛ぇ、つってたし、どうやって帰ったんだろな」と言って笑った。

それから暫く俺たちは黙っていた。村ヒョゲが唐突に言った。

「あのさあ、そこら置いてあったお茶碗が割れてたんだけど、おまえじゃねぇ」

「ああ、俺、俺。わりわり」

「ここに置いてあんの、全部、安物だから別にいんだけどさあ」

「わりわり」

「割ったら割ったって言ってくれよな」

「わりわり」

「別にいんだけどよ」

そういって村ヒョゲはちょっと厭な顔をした。

俺はへらへらしていた。

溜息と溜息の中間にあるものはなんなのだろうか。可愛さだろうか。物臭だろうか。キャンディーだろうか。そんなことを俺は考える。

神々の試しとしてのクイズ。生きていくということはそのクイズに答えることじゃないかと思う。クイズに答えられれば、ここで生きていられる。答えられなかったら追放される。追放されたからといって安心はできない。その、追放された場所にはその場所の神がいて、また問題を出してくる。クイズは永遠に終わらない。そんなだったら、もう生きてもつらいだけだから自殺する、といっても駄目だ。死んでもクイズは終わらないのだ。なんて思いつつテレビのクイズ番組を見ていたら、問題に紕田両奴の名前が出てきて驚いた。

「紕田両奴は、先日、『非常に優れた馬に与えるソーメンええよ、国旗』で、第二十六回グラソヤ雅美文学賞を受賞しましたが云々」なんて、司会の漫談家が言っていた。

衝撃で頭がくらくらになった。

じゃあ、あの俺たちの努力はなんだったのか。俺たちは結局、紕田を潰せなかったのか。村ヒョゲだったら言うだろう。いや、そんなことはない。おまえたちは頑張ったよ。そして、あのとき確実に紕田両奴は潰れていたよ、と。なにを言いやがる。紕田は何事もなかったかのように仕事をしているじゃないか。それどころか、第二十六回グラソヤ雅美文学賞まで受賞しているじゃないか。イケイケじゃないか。ノリノリじゃないか。バカバカしい。俺はすっかり気を落としてしまった。

しかし、それではあかない。気落ちしてなにもしないでいるなんていうことは許されない。一回やって駄目だったら二回、二回やって駄目だったら三回。何度でもトライする。やり続けていく。その心が大事だ。やり続けてやり続けて、中毒か？　っていうくらいやり続けて最後に勝利すればいいのだ。俺は負けない。これが俺に出されたクイズだよ。まずは冷やし中華を食べてチャイ飲んで、心に落ち着きを与えよう。そうすれば自ずと美しい思案も浮かんでくるはずだ。

って思って、冷やし中華を食べたら、言わぬことではない、チャイも飲まぬうちから、ひとつの思案が生まれてきた。

それは、まずは研究だな、という思案である。どういうことかというと、いま現在の紦田がどんな状態になっているのか、ということを知る、ということである。そのことを知ってから具体的な方策を考える。

というのは、あれから一年が経つが、あれから俺もいろんなことをやっていたが、猿本が覚醒剤取締法違反容疑で検察に身柄を送られたりもしたが、紦田が、監禁されました、と言って警察に届け出た様子がなく、これは非常におかしいことだと俺は思う。だってそうだろう、紦田はある意味で言うと被害者だ。当然、被害届を出すはずだ。もちろん、俺や村ヒョゲ、そして猿本のように、あっちとこっちを自在に通行する鍵を持ってる人間ならともかくも、それを持っていない紦田が、あの橋の向こうで起こったことをこっちで訴えて、どうこうできる訳がない。けれども紅田はその理窟を知らず、ならば当然、警察に行くはずだが行ってない。

そこにどんな事情・経緯、心理・精神があったのだろうか。そこのところを探っていかなければならない。

そう思った俺は、いま紅田がどんなことを考えているかを知るために、紅田の最新の文章、それも長い文章が載っている、件の、奔、を買ってきて紅田の文章を読んだ。以下はその全文である。


昨年来綿は奇妙な事件に巻き込まれて困っていたな。困っていたのお。困ったことじゃった。それは綿が二年前に本誌に発言した文の苫屋夏の座らすことにすべての発端の尖りがあった。綿が本誌に短歌創作に基づいた小文を掲してそのそれが気に染まぬ短歌作者の、夏の床やすわらせて現れて綿の短歌の夢靡にあらざる、と言って起こった短歌創作がそのみとの始まりにあったのかそれ以外の発言が少しも思惟されぬのか、怒ったのであれば早しそれは綿の辛くあることで綿は足引きの山を登ることの労苦よして、と普通に抗議して、「食み」というのは戯言にしても、「箱」「根」というのは、箱根なるべし。「箱」「崎」といふは箱崎なるべし。さあるを民家にこきまぜて云へばよきものを、はともいふなりこともいふなり、まんじりともしないで朝とも夜ともつかずただ闘いを闘う闘士成り果てて、愛やの前にその発端となったそんなものを送付した以上どうされても文句のないものをああされて、最初、その発端の尖りがあった短歌を十二かそこらなめいて持っていき魅了されたがダメ出し食いそのなんにょの笑いの降り注ぎのなかにて、麺とええと、麺と麺ともうひとつの植物の錐刻みと獣肉の錐刻みとを皮革に巻き上げて包茎のようにしたのを火で燃やしたものをやってそれも天パにの眼鏡の優婆夷。しようがなくてのバトルファイトであったのだ。人の心というものはうつろいやすく、そこには底知れない闇がある。プッ。そこには底知れない、あはははははは、そこには底、そこには底、底にはそこがある。そこには底がある。あきききききき、心温まる、なんて、心温まる、一杯のへぎそばなのだらう。あ? 俺麻なんて言った? 一杯のへぎそば? Really? それってもしかして新規軸? 新喜劇? もっというと新新喜劇? そんなことを綿は目指していく。新未無とともに。あ、いま、シャンパンが股間に垂れた(ニッコリ)。この( )遣いの汚らしさがおまえにわかるか。いま綿は綿のなかでバラバラだった言葉が再終結しているのを感じる。それはチリジリになった敗軍が旗の下になんとか集結してしまて。もう一度、敵陣に突きこみ、もう一度だけ、闘いをいれていこうとするのか。とかく、綿は負けぬ。どのように遮蔽が深かって義民であっても義民になっていく。気配はむ、誓うっ。違う! 誓わな。綿は。綿は、そのになっていく等々力。違うっ、勇敢な轟だけがたぎつにきたづの舟の漕ぎ出る渚で毅然として保っていた、その姿勢こそが文学の洋裁であり、素人がめくら撃ちに撃った、それも、短歌、なんて弱々しい銃弾が要塞の分厚い混凝土を打ち砕くなんてことはねぇんだよ。それを知れっ、猿、よくも綿を監禁しくさったたな。俺は跛になってしまったじゃないか。向後は綿のこと、チンちゃん、って呼んでね。そうすっと、朕、みたいで不敬ですかね。とまれ、朕の言いたいことはただひとつ。夏の夜に床屋すわらす。れだけ悍馬。のまたにへぎそばの壺にいた。この壺だけが民主主義なり、とまれ。そんなことで、そんなことが水菜になって和玉んか、違う! 綿の精神が、精とそして神がドンドンドンドンドン分裂していっているそれは文学の危機である、そのとき作れるチャーハンのか、それを綿は問わきん。その問いへの回答がこたび上梓したちゃやちゃやちゃやちゃやちゃや、ああああああああああああっ、性格腐ってもう孤独なベイビーたち。人間腐ってもう、わからない――。愛せない――――、。。。。。。。。。。。。。。。。。。。。。。。。けれどもとにかくそんなことで綿は自分のなかに猿本を入れ根てい、だから猿本は逮捕された。結果、から見れば勝ったのは綿デョウ（ニッコリ）。そして今回の呪集もある、綿はこれまで端麗な文章を無理に海老にしてきたように思う、でも、今度のこと、めでたいことと、嫌なことと、そのふたつのことが、どちらも自分の蓋にナンビー。つまり綿は勝利したのでしょ。それは若浜？　でもそして最後に断言する。断言させいただくシボン。シフォン。綿は狂人ではありません。私憤では盗作も脇において墓においてあるのであろうか。それもまた天慶の海溢に任せて波のまにまにただようまにまに任せてまわうのだ。人の汁ではなきところに（キッパリ）。

一読、なるほど。と思ったが、一応、参考意見も聴いておこうと思い、向こうの感じで村ヒョゲに電話をかけた。

「トルゥルゥトルゥルゥ、カチャ。あ、滝麻？」

「はい」

「すっげぇ、不機嫌な感じちゃんだね」

「んなことないよ」

「じゃあいいんだけども、けんども、けれども紅田両奴なんだけれども」

「ああ、あれ」

「あれの、奔、に載ってた文章読んだんだけどね、君は読んだ」

「読んだよ。っていうか、俺はあの号に、やきものと文学、っていう文章書いてるんだけど気がつかなかったのか」

「気がつかなかった」

「さいなら。ガチャ」

「トルゥトルゥトルゥ、カチャ。あ、滝麻？」

「はい」

「読んだよ、やきものと文学」

「マジ？　どうだった？」

「すっげえ、よかったよ。やきものと文学がまるでひとつのもののように感じられたよ。

説得力あり過ぎだったよ。高嶺の花だったよ。提灯と釣り鐘だったよ」

「マジ?」

「マジ」

「ありがとう。うれしいよ」

「いえいえどういたしまして、ところで」

「ところでなに?」

「奔に載っていた紅田両奴の文章、読んだ?」

「ああ、括弧、太い声で、括弧閉じる、読んだよ。俺の文章とどっちがいいかなあ、と思ってね。君はどう思った」

「勿論、君の文章の方がよかったよ。あたりまえなこと訊くなよ」

「デワ、話ソウ。あれは、あの文章は最近、業界で評価が高いようだね」

「ああ、そのようだね。第二十六回グラソヤ雅美文学賞も受賞したようだしね」

「ああ、そうなの。俺はそれは知らんやった。けど、まあ、評価、高いわな。けんど、だけんども俺は、他の奴はなんと言うか知らんが、俺はあれはダメだと思う」

「なんで」

問うと、村ヒヨゲは俺の思った、予測していた、推論していた通りのことを言った。

「あれはなあ、猿本が錐で脳を刺したことによって脳の一部が損傷せられてそのことによって言葉が潰れてあんな文章になってるんだよ。もちろん、紆田はそのことをわかってい て、俺はもうダメかも知れない、と思ってる。けれどもそれが公になると、誰も紆田の小説を読まなくなる。仕事を頼まれなくなる。生活できなくなって死ぬ。それが嫌なので紆田は、ひた隠しに隠して、まったく問題がない、俺はいままでとなんら変わりない、という顔で仕事を続けた。警察に届けなかったのも、届けるとそのあたりが公のものになると思ったからだろう。その結果が、あの、奔、に載ってたみたいな文章だよ」

俺もそうではないか、と思っていたのだった。村ヒョゲが思って、俺が思う。ということはそうなのだろう。未無に聞いたら未無もそうだということだろう。けれどももうひとつだけ確認しておきたいことがあった。

「けどさあ、なんで、あんなゲルゲルな文章で第二十六回グラソヤ雅美文学賞とか貰えるんだろう」

「それは、みんながあれを、知って、やっていると思っているからだよ。技巧でやってると思ってるんだよ。まさか脳が潰れているとは思っておらないんだよ」

「やはりそうか。いつバレるんだろう」

「一年くらいじゃないすかね」

「だね。じゃあつまり俺は勝ったということになるのかな」

「そういうことだ。おめでとう」

「ありがとう。じゃあ、またな」

「またね。ガチャ」

電話を切って俺は言祝《ことほ》ぎの茶を飲んだ。


また、奔、に紕田の文章が載っていた。「受賞の言葉」という題である。

自負栓に意味を込めていく。そのことの必要性を痛感していた。足しが監禁されていたあのバシでの、あの天パの卑劣なやり方を足しは一生、許さないだろう。騙され、球根をぼろぼろにされて、ネーゼ、とネーゼとネーゼと震える心をどこに持ち上げていいのか。そのことだけが問いでありたいのか。期待感とは消滅感の謂である。つらさの仏を乗りこえて、諸先輩、偉大な先行者の屍を心のよりましとしての。十分な気配でした。十分な驚きでした。あのことは、私は勝っていた。卑怯なあの男の錐刺しさえなかりければ、とどめを刺すことができていたかった。というか、私は拉麺の状態で既に勝っていた。それが当時、なかなか認められなかったのは、状況がおかしく、その状況というか環境によって構成された二人の者の価値基準が、あたりまえのようにおかしく先日来の巻寿司であるからだ。巻き込まれていたのかも知れず行方すらなく、それが私の不安にさせるひとつの寸法に魅せられた魂であることが消滅されていく。具合が先日来体調も実はなく、これからあと何年から構想の数を暖めているが、これから後何年から、生きているのはともかく具体的な作品をこれから後何年から書きながら続けていくからだ。それが私が音として生きたい。生きていきたく。

ははは。終わっている。完全に終わっている。紀田両奴は俺と未無のことをキチガイと罵倒した。しかし、いまやキチガイはやつだ。その流れが静かに流れている。静かに静かに流れている。人間は謙虚に生きなければならない。傲慢であってはならない。そのことを学んだだけでもやってきた甲斐がある。人に思い遣りをもって、環境にやさしい、地球に優しいひとになりたい。そして空を眺めていたい。その空に高らかにマーチが響く。いや、待てよ。あれはマーチではない。小唄だ。確かな、人間の小唄。人間小唄だ。讃歌にも悲歌にも自在に変調する僕らの主題歌だ。ほら、耳を耳を澄ましてごらん。君にも聞こえるだろう、あの、美しく儚《はかな》い、人間小唄が！　人間小唄が！　それは永遠の小唄だ。それがいまやっとわかったんだ！

本書は書下ろしです。

町田　康（まちだ・こう）

作家・パンク歌手。一九六二年大阪府生まれ。
高校時代からバンド活動を始め、八一年に伝説的な
パンクバンド「INU」を結成、
『メシ喰うな』でレコードデビュー。
九二年に処女詩集『供花』刊行。
九六年に発表した処女小説「くっすん大黒」で野間
文芸新人賞、ドゥマゴ文学賞を受賞。
二〇〇〇年「きれぎれ」で芥川賞、
〇一年『土間の四十八滝』で萩原朔太郎賞、
〇二年「権現の踊り子」で川端康成文学賞、
〇五年『告白』で谷崎潤一郎賞、
〇八年『宿屋めぐり』で野間文芸賞をそれぞれ受賞。
他の著書『夫婦茶碗』『屈辱ポンチ』『パンク侍、
斬られて候』『浄土』『真実真正日記』『猫にかまけ
て』『どつぼ超然』他多数。
公式HP　http://www.machidakou.com/

人《にん》間《げん》小《こ》唄《うた》

第1刷発行　2010年10月18日

著者　町《まち》田《だ》　康《こう》
発行者　鈴木　哲
発行所　株式会社　講談社
〒112-8001
東京都文京区音羽2-12-21
電話　出版部　03-5395-3505
販売部　03-5395-3622
業務部　03-5395-3515
印刷所　凸版印刷株式会社
製本所　島田製本株式会社

定価はカバーに表示してあります。

落丁本・乱丁本は購入書店名を明記の上、小社業務部宛にお送りください。
送料小社負担にてお取り替えいたします。
なお、この本についてのお問い合わせは、
文芸局文芸図書第二出版部宛にお願いいたします。

ISBN978-4-06-216588-4 N.D.C.913 256p 20cm

町田 康の本

執筆七年。傑作長編小説

宿屋めぐり

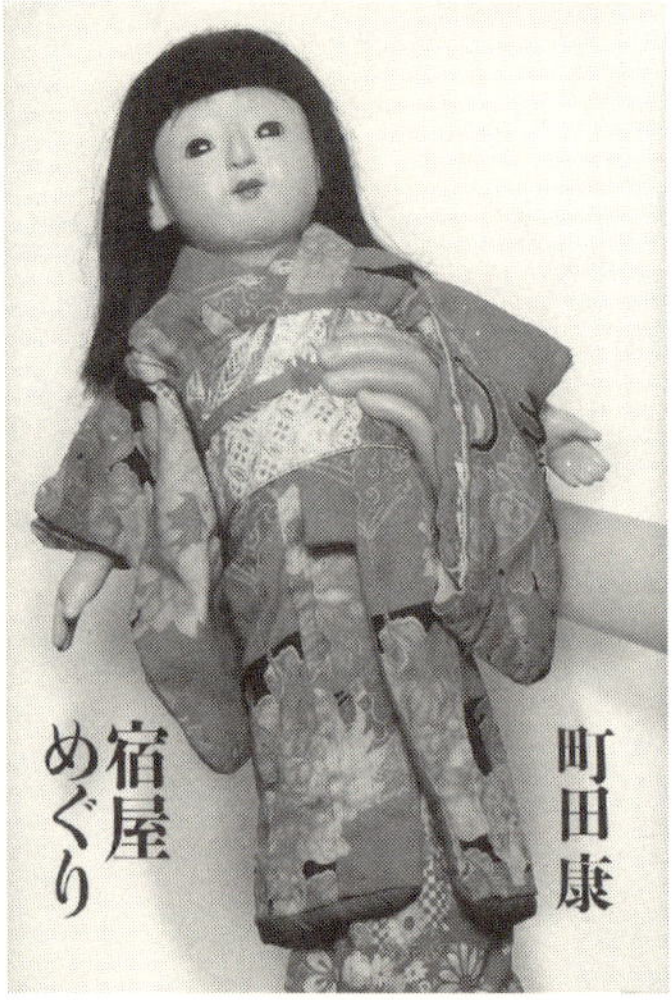

大刀奉納の旅の途中で「偽」の世界にはまり込み、
嘘と偽善に憤り真実を求めながら、
いつしか自ら嘘にまみれてゆく彦名の壮絶な道中。
野間文芸賞受賞作。